Hirzel

Über die Tendenz des Agricola von Tacitus

Anatiposi

Hirzel

Über die Tendenz des Agricola von Tacitus

Unveränderter Nachdruck der Originalausgabe von 1871.

1. Auflage 2023 | ISBN: 978-3-38220-042-8

Anatiposi Verlag ist ein Imprint der Outlook Verlagsgesellschaft mbH.

Verlag: Outlook Verlag GmbH, Zeilweg 44, 60439 Frankfurt, Deutschland
Vertretungsberechtigt: E. Roepke, Zeilweg 44, 60439 Frankfurt, Deutschland
Druck: Books on Demand GmbH, In de Tarpen 42, 22848 Norderstedt, Deutschland

PROGRAMM

DES

KÖNIGLICHEN GYMNASIUMS

IN

TÜBINGEN

ZUM

SCHLUSSE DES SCHULJAHRS 1870—71.

INHALT:

1) ÜBER DIE TENDENZ DES AGRICOLA VON TACITUS.
2) SCHULNACHRICHTEN. BEIDES VOM REKTOR Dr. HIRZEL.

TÜBINGEN,

GEDRUCKT BEI HEINRICH LAUPP.

1871.

', ?. 3

✓

Ueber die Tendenz des Agricola.

Dass des Tacitus Schrift über Agricola eine eigenthümliche Erscheinung unter den uns erhaltenen Denkmälern der römischen Litteratur ist, hat Hübner in seiner Abhandlung »zu Tacitus Agricola« Hermes 1866. S. 438 f. mit vollem Recht ausgesprochen. Tacitus beruft sich zwar im Agricola selbst (c. 1) auf Vorgänger, wie Rutilius Rufus und Aemilius Scaurus; aber von diesen ist nichts auf uns gekommen. Die Nachrichten, die wir sonst über sie haben, führen darauf, dass wir uns unter den Werken dieser Männer Erzeugnisse von grösserem Umfang, von mehreren Büchern vorzustellen haben (s. Teuffel röm. Litterat. Gesch. S. 181 u. 190). Von den Schriften des Arulenus Rusticus über Paetus Thrasea und des Herennius Senecio über Priscus Helvidius ist gar nichts Näheres bekannt. Diese »monumenta clarissimorum virorum« scheinen allerdings Schriften gewesen zu sein, die eigens zum ehrenden Andenken dieser Männer abgefasst waren (quod Paeti laudes edidisset Sueton Dom. 10, quod de vita Helvidii libros composuisset Plin. ep. VII, 19, 5). Nach letzterem Ausdruck zu schliessen waren es ebenfalls Werke von grösserem Umfang. Was aber sonst von biographischen Arbeiten der römischen Litteratur berichtet wird oder erhalten ist, gibt weder nach dem Inhalt noch in der Form eine Analogie mit dem Agricola an die Hand. Wenn endlich Gantrelle in der unten weiter zu besprechenden Abhandlung: Sur la vie d'Agricola (Revue de l'instruction publique 1 Mai 1870) den Cato (laus Catonis) des Cicero vergleicht, so ist auch von dem Inhalt dieser Schrift viel zu wenig bekannt, als dass sie mit dem Agricola zusammengestellt werden könnte. Gantrelle bringt beide in Vergleichung, weil er in dem Agricola eine politische Tendenzschrift sieht und das Gleiche auch von der ciceronischen Schrift annimmt. Beides aber wäre erst noch zu beweisen. In wie weit der Agricola Veranlassung gibt, eine solche Tendenz zu vermuthen, darüber wird die nachstehende Untersuchung sich verbreiten. Der Cato des Cicero aber scheint sich, ganz abgesehen von der Vorsicht, welche dem Cicero seine Stellung gegenüber von Cäsar einflössen musste, nach den vorhandenen Zeugnissen über den Anticato des Cäsar *), doch mehr auf die Privattugenden des Mannes bezogen zu haben, als auf seine politische Stellung. Aber selbst die vorwiegend politische Tendenz des ciceronischen Cato vorausgesetzt, würde doch die Vergleichung mit Agricola in sich selbst zusammensinken, wenn sich herausstellen würde, dass eine solche Tendenz im Agricola nicht zu finden ist.

---

*) Vgl. Göttling, opusc. acad. S. 160, de Ciceronis laudatione Catonis et de Caesaris Anticatonibus.

Sehen wir uns nun die Eigenthümlichkeiten des Agricola näher an. Einerseits lässt die Einleitung eine Biographie erwarten — clarorum virorum facta moresque tradere; narraturo mihi vitam defuncti hominis venia opus fuit (c. 1) — eine Biographie, die den Charakter einer von Pietät eingegebenen Lobrede hat — hic liber honori Agricolae soceri mei destinatus professione pietatis aut laudatus erit aut excusatus (c. 3). Der Schluss ferner erscheint als ein Ausfluss hoher Verehrung und zärtlicher Liebe für einen edlen Verstorbenen, durchzogen von erhabenen Gedanken und idealen Anschauungen (c. 45 u. 46).

Dagegen haben zwei Drittheile des Werkes einen vorwiegend historischen Charakter (c. 10—39). Ungefähr der 4. Theil dieses Abschnittes (c. 10—17) enthält eine geographische und ethnographische Darstellung Britanniens nebst einer Geschichte der früheren römischen Eroberungen daselbst, wozu (c. 24) noch eine Beschreibung von Irland kommt. C. 18—38 haben zwar die Thätigkeit des Agricola in einer 7jährigen Verwaltung der Provinz Britannien zum Gegenstand. Aber nicht nur treten die persönlichen Verhältnisse und Eigenschaften des Agricola (c. 18. 19. 29) sehr zurück im Verhältniss zur Geschichte von der Unterwerfung der Provinz, sondern es ist auch der Kunst der historischen Darstellung so viel eingeräumt, dass manches Rhetorische, sogar 2 Reden (c. 30—34) eingeflochten sind, von denen die eine, die des Brittenhäuptlings Calgacus in gar keinem Zusammenhang steht mit der Biographie des Agricola, die andere aber, die des Agricola selbst nur eine unvollkommene Anschauung gibt von der rednerischen Bildung Agricola's. Beide aber tragen das Gepräge starker Nachahmung älterer Muster an sich, ein Gepräge, das auch der übrigen Darstellung dieses Abschnittes aufgedrückt ist. Wir begnügen uns in dieser letzteren Hinsicht auf die Nachweisungen uns zu beziehen, welche gegeben sind in Urlichs commentatio de vita et honoribus Agricolae 1868. S. 4—6 und Teuffel Progr. v. 1868. S. 29.

Endlich aber ist unverkennbar, dass neben der kriegerischen Tüchtigkeit Agricola's in der ganzen Darstellung von Anfang bis zu Ende eine bestimmte Richtung in dem Charakter des Agricola besonders hervortritt. Wir meinen die Mässigung und Besonnenheit, die weise Selbstbeschränkung des Mannes, der von den Tagen seiner Jugend an bis zu seinem letzten Hauche sich ferne hält von allen Extremen, insbesondere von jeder Geltendmachung seiner Verdienste. Dies gilt schon von den Studien des jungen Mannes in Massilia und unter der umsichtigen Leitung einer verständigen und gebildeten Mutter. c. 4: Massiliam locum graeca comitate et provinciali parsimonia mixtum ac bene compositum; studium philosophiae acrius, ultra quam concessum romano ac senatori hausit, ni prudentia matris incensum ac flagrantem animum coërcuisset; mitigavit (sublime et erectum ingenium) ratio et aetas retinuitque, quod est difficillimum, ex sapientia modum. — Es gilt dies ferner von seiner ersten Thätigkeit im Felde. c. 5: prima rudimenta Suetonio Paulino diligenti ac moderato duci approbavit; nec segniter, nec licenter; nihil appetere in jactationem, nihil ob formidinem recusare, auxius et intentus agere; intravit animum militaris gloriae cupido, ingrata temporibus, quibus sinistra erga eminentes interpretatio, nec minus periculum ex magna fama quam ex mala. Es gilt ferner von seinem ehlichen und häuslichen überhaupt seinem Privatleben, c. 6: invicem se anteponendo vixerunt c. 29: quem casum (filii mortem) Agricola neque ut plerique fortium virorum ambitiose neque per lamenta rursus ac moerorem muliebriter tulit. — c. 45: constans ac libens fatum excepisti. Nicht minder wird dasselbe von seiner Amtsführung in der Stadt und in den Provinzen gerühmt. c. 6: neutro corruptus est; annum quiete et otio transiit, gnarus sub Nerone temporum, quibus inertia pro sapientia fuit. Praeturae tenor per silentium, ludos et inania honoris (medio) rationis atque abundantiae duxit, longe a luxuria, famae propior. Ebenso wird sein erstes Auftreten in Britannien gegenüber einer meuterischen Legion gezeichnet. c. 7: rarissima moderatione maluit videri invenisse bonos, quam fecisse. c. 8: temperavit Agricola vim ardoremque compescuit, ne incresceret, peritus obsequi eruditusque utilia honestis miscere, nec unquam in suam famam gestis exsultavit; ad ducem minister fortunam referebat; virtute in obsequendo, verecundia in praedicando extra invidiam nec extra gloriam erat. Von seiner Verwaltung Aquitaniens heisst es c. 9: naturali prudentia facile justeque agebat, nec illi facilitas auctoritatem aut severitas amorem deminuit; ne famam quidem ostentanda virtute aut per artem quaesivit; procul a contentione adversus procuratores et vincere inglorium et atteri sordidum arbitrabatur. Aus der Schilderung seiner Verwaltung Britanniens ist folgendes hervorzuheben. c. 18: nec prosperitate rerum in vanitatem usus victoriam vocabat victos continuisse; ne laureatis quidem gesta prosecutus est; ipsa dissimulatione famae famam auxit. c. 19: a se suisque orsus primum domum suam coërcuit. Die ganze Darstellung seiner Civilverwaltung in Britannien (c. 19 u. 20) legt Zeugniss ab von seiner Umsicht und vernünftigen, gewissenhaften Thätigkeit (prudens. ratio cura) bei Amtshandlungen aller Art, Anstellungen, Strafen, Eintreibung der Steuern, Abstellung von Missbräuchen etc. c. 22: nec Agricola unquam per alios gesta avidus intercepit. c. 39: hunc rerum cursum quanquam nulla verborum jactantia epistulis Agricolae auctum etc. Ueber seine Rückkehr aus der Provinz und sein Leben in der Stadt heisst es c. 40: ne notabilis celebritate et frequentia occurrentium introitus esset, vitato amicorum officio noctu in palatium venit. Weil es übrigens dabei heisst: ita ut praeceptum erat, soll ihm das nicht zum Verdienst angerechnet werden, obwohl das praeceptum offenbar sich bloss auf noctu bezieht. Ferner: ut militare nomen temperaret tranquillitatem atque otium penitus hausit, cultu modicus, sermone facilis, uno aut altero amicorum comitatus, ut plerique viso adspectoque Agricola quaererent famam. c. 41: Agricola in ipsam gloriam praeceps agebatur; er wird wider seinen Willen ein gefeierter Mann. c. 42: Domitiani natura praeceps in iram moderatione prudentiaque Agricolae leniebatur, quia non contumacia neque inani jactatione libertatis famam fatumque provocabat. In allen diesen Stellen wird Besonnenheit, maassvolle Haltung, ein würdevolles Benehmen bei wechselndem Geschick und im Angesicht des Todes, Vorsicht unter gefährlichen Verhältnissen, Vermeidung alles dessen, was ihn zum Gegenstand besonderer Aufmerksamkeit machen oder den Schein erregen konnte, als wollte er sich hervordrängen, als ein hervorstechender

Charakterzug an Agricola bezeichnet, mit welchem auch sein Aeusseres im Einklang stand, c. 44: decentior quam sublimior fuit, nihil metus in voltu, gratia oris supererat, bonum virum facile crederes, magnum libenter.

Ein anderer Theil der Darstellung ist der hervorragenden kriegerischen Tüchtigkeit des Agricola gewidmet, deren Schauplatz vornemlich Britannien und deren Verdienst die Eroberung der Provinz ist, die er übrigens nicht zu Ende führen durfte (c. 24). Nimmt man aber beides zusammen, so erscheint Agricola einerseits als ein hervorragender Kriegsheld, andererseits als ein wissenschaftlich gebildeter Mann, als ein gediegener Charakter von liebenswürdigem Wesen, ernst, offen und ohne Hintergedanken (c. 22), jedem extremen Treiben auch im politischen Leben im Grunde seines Wesens abho und in einer gefährlichen Zeit auf einem schmalen, schlüpfrigen Pfade zwischen drohende Abgründen sicheren Schrittes dahin wandelnd, eine stille Grösse, wie ihn Roth nennt (Taciti de vita etc. Agricolae libellus v. Roth. S. 105), ein Mann so ganz nach dem Herzen des Tacitus selbst, der ähnliche Charaktere in den Annalen mit besonderer Vorliebe zeichnet und hervorhebt (vgl. bes. Ann. IV, 20. inter abruptam contumaciam et deforme obsequium pergere iter ambitione et periculis vacuum, ferner Annal. VI, 10. XII, 12. XIV. 43).

Betrachtet man dies alles unbefangen und ohne vorgefasste von anderswoher beigebrachte Meinungen, so liegt kein Grund vor, noch eine besondere, zwischen den Zeilen zu lesende Tendenz anzunehmen. So war Agricola, desshalb verehrte und liebte ihn Tacitus besonders, so musste er ihn also schildern, wenn er der Wahrheit die Ehre geben wollte. Eine besondere tendenziöse Beflissenheit in den angeführten Stellen anzunehmen, dazu liegt kein objectiver Grund vor. Es ist aber noch eine Stelle, welche sich von den früher angezogenen dadurch unterscheidet, dass sie eine ausgesprochene Tendenz beurkundet. c. 42 heisst es nach dem oben Zitirten: Sciant quibus moris est illicita mirari, posse etiam sub malis principibus magnos viros esse, obsequiumque ac modestiam, si industria ac rigor adsint, eo laudis escendere, quo plerique per abrupta, sed in nullum reip. usum ambitiosa morte inclaruerunt. Hier liegt doch nicht eine Schilderung vor. Es wird vielmehr aus dem Geschilderten ein Schluss gezogen, in welchem ein polemisches, oder wie manche wollen, ein apologetisches Element zu Tage tritt. Diese Worte sind offenbar an eine bestimmte Adresse gerichtet, an radikale Polterer, die sich berufen glaubten, stets Opposition zu machen, an verrannte Menschen, die nach dem politischen Martyrerthum gelüstete. Es scheint fast, es sollten damit Vorwürfe zurückgewiesen werden, die dem Agricola und wohl auch dem Schwiegersohn wegen ihres gar zu fürsichtigen und unterthänigen Verhaltens (obsequium et modestia) in den Tagen des Domitian von manchen Seiten gemacht wurden, Vorwürfe, die vielleicht bei manchen mit dem zusammenfallen mochten, was wir jetzt »Servilismus« nennen (deforme obsequium Annal. IV, 20). Diese entschieden tendenziöse Stelle ist denn auch von Gantrelle in der oben erwähnten Abhandlung*) an die Spitze gestellt worden, als

---

*) Wir zitiren nach dem besonderen Abdruck der Abhandlung.

Ausgangspunkt für den Beweis, dass der Agricola, eigentlich un éloge historique, zugleich eine politische Parteischrift sei, »que l'auteur — a surtout poursuivi un but politique.«

Wenn wir demnach constatiren, dass in dem Agricola eine dreifache Richtung, eine biographische, historische und politische zu finden ist, so können wir es nur begründet finden, wenn Gantrelle den Agricola bezeichnet als un exemple d'un mélange hybride, de genres complètement différents (s. Gantrelle a. a. O. S. 28. n. 3). Da man es aber mit einem Meister in der künstlerischen Composition — einem éminent artiste en fait de composition (Gantrelle S. 28 Anm.) — zu thun zu haben glaubte, so suchte nach einem einheitlichen Plan und Gedanken, der dem Ganzen zu Grunde liege, so ergab sich von selbst, dass der Grundgedanke eben auf diesen drei verschiedenen Gebieten gesucht worden ist. Die einen haben den Agricola als eine Biographie, die andern, weil er für eine Biographie zu historisch sei, als eine historische Arbeit, endlich wieder andere, weil er für eine Biographie und historische Arbeit zu politisch sei, als eine politische Tendenzschrift darstellen wollen.

Die erste Ansicht, die hergebrachte, dem überlieferten Titel des Buchs (de vita et moribus Agricolae liber) entsprechend, ist aufs stärkste vertreten in dem nunmehr verschollenen Versuche Walchs *) den Agricola als eine Musterbiographie darzustellen und darauf sogar eine Theorie von der Kunstform der antiken Biographie zu gründen. Auch bei Bernhardy **) und Bähr erscheint der Agricola als das Meisterwerk oder Muster einer antiken Biographie, und Teuffel in der Gesch. d. röm. Litteratur S. 682 will der Schrift den Charakter einer Biographie nicht abgesprochen wissen; er nennt sie eine rhetorisch gehaltene Biographie, ein rhetorisch psychologisches Gemälde in der Weise von Sallusts Catilina. Allein es wird nicht gelingen eine richtige Biographie in einer Schrift zu finden, welche ungefähr zu zwei Drittheilen einen durchaus historisch geographischen Charakter hat, in welche eine monographische Studie über eine einzelne Provinz (Britannien und Hibernien) aufgenommen ist, und welche nach der Weise der Historiker Reden enthält, die nie gehalten worden sind, von denen die eine zwar dem Helden der Schrift, die andere aber, welche sallustischen und livianischen Reden so ähnlich ist, wie ein Ei dem andern, einem brittischen Häuptling in den Mund gelegt wird. Wenn von dieser Seite betrachtet die Schrift als Biographie eine ganz unförmliche Gestalt hat und erfüllt ist mit heterogenen Gegenständen, so ist von der andern Seite wieder vieles an derselben vermisst worden, was zu dem richtigen Begriff einer Biographie zu gehören schien. Man will nicht nur »eine individualisirende Zeichnung ein lebensvolles Porträt« vermissen, statt dessen man mehr eine farblose Abstraktion erhalte ***), sondern man findet namentlich seine Verwaltung der städtischen Aemter, der

---

*) S. Walch, Agricola S. XXXIII—LXXIV. Die Kunstform der antiken Biographie. Vgl. mit Hübner im Hermes I, 438.

**) Bernhardy, Grundriss der röm. Literatur 4. Ausg. S. 689.

***) Vgl. Hoffmann, Der Agricola des Tacitus S. 3. Woltmann, Uebersetzung des Tacitus VI, S. 45. Walch a. a. O. S. XXXVIII ff.

Quästur, des Tribunats und der Prätur, »einen nicht unbeträchtlichen Zeitraum in Agricola's Leben, der dem Biographen einen überreichen Stoff hätte bieten müssen (?),« äusserst dürftig in wenigen Sätzen dargestellt. So hätten wir in dieser Schrift gleichsam einen Körper vor uns, der einerseits an Hypertrophie, andererseits an der Schwindsucht litte. Es ist daher weniger zu verwundern, wenn Walch für diese Art von Biographieen, die ihres gleichen nicht hat, eine eigene Spezies statuirt. Nur. hat er sehr Unrecht, diese Spezies als ein Muster darzustellen und darauf eine »neue Theorie von der Kunstform der antiken Biographie« zu gründen.

Das biographische Moment und das Interesse an der Persönlichkeit des Agricola hat auch Hübner *) insoferne in den Vordergrund. gestellt, als er in dem Agr eine *laudatio funebris*, freilich in buchmässiger Form abgefasst erkennen müssen glaubt. Es ist nichts natürlicher, als. dass durch den Epilog der Gedanke an eine Leichenrede erweckt wird. Man sieht sich vor das offene Grab eines geliebten Todten gestellt und heute noch kann kein Mensch von Gemüth die schönen herzlichen Worte lesen, ohne selbst von einer Anwandlung von Rührung ergriffen zu werden. Allein, so reich auch die ganze Schrift durchzogen ist von Aeusserungen der Hochachtung und Verehrung, von Zeugnissen der Geistesverwandtschaft zwischen Schwiegervater und Schwiegersohn, jene elegische Stimmung, die zu einer laudatio funebris passt, wird doch nur durch den Schluss in uns hervorgerufen. Im übrigen muss Hübner selbst gestehen, dass es eben keine blosse Leichenrede, sondern eine Leichenrede in buchmässiger Form, dass es zwar ein »rhetorisches Kunstwerk«, aber ein solches ist, »das über seine Sphäre hinaus in die eines historischen Kunstwerks gehoben ist; das nach Form und Inhalt über die einer Rede gesteckten Grenzen hinausgeht.« Wenn man überhaupt bei einem Kunstwerk den Charakter der Einheit für wesentlich hält, so liegt uns eben dann hier kein Kunstwerk vor. Der Ausdruck »eine in buchmässige Form verhüllte laudatio funebris« soll zwar den Widerspruch zwischen Biographie und Geschichte, der in dem Buche sich findet, verhüllen, bringt aber denselben doch unwillkürlich zum Ausdruck. Denn ein Buch (liber s. c. 3 fin.) ist eben keine laudatio funebris und eine laudatio funebris schliesst das Buchmässige aus. Es gibt kein Buch der römischen Literatur, das ein Beispiel gäbe von einer solchen laudatio in buchmässiger Form, was wir aber von den laudationes funebres der Alten wissen, das stimmt weder dem Inhalt noch der Form nach zu der vita Agricolae **). Was von Rhetorik im Agricola liegt, das ist anderwärts ausführlich insbesondere in seinen Beziehungen zu Sallust und Cicero nachgewiesen worden. Es besteht aber in dieser Beziehung nur ein gradueller Unterschied zwischen dem Dialogus, dem Agricola, der Germania, den Historien. Treffend sagt Teuffel Geschichte d. röm. Littrat. S. 682, Tacitus habe seine stilist. Virtuosität stufenweise erreicht und der Agricola stelle diejenige Stufe dar, auf welcher seine Selbständigkeit noch verhältnissmässig kleiner war.

---

*) In der oben angeführten Abhandlung Hermes I. S. 438 ff.
**) Vgl. Teuffel, röm. Litterat.Gesch. S. 52.

Daher hat Urlichs *) das historische Element als den Hauptgehalt des Buches in den Vordergrund gestellt. Der vorwiegende Ton sei der der Erzählung, die Darstellung sei die eines Historikers, nicht eines Redners. Tacitus habe sich geradezu einen Historiker den Sallust zum Muster genommen (S. 4 u. 5). Es seie die Absicht gewesen, die Thaten des Schwiegervaters zu beschreiben, und erst in dem Epilog sei er in den Ton der laudatio funebris gefallen. Selbst hier aber habe er Muster vor Augen gehabt, die er nachgeahmt (S. 6). Durch historische und antiquarische Begründung der einzelnen Angaben im Agricola wird dann weiter in der Abhandlung der Nachweis von dem historischen Charakter des Ganzen gegeben, womit Tacitus dem Gedächtniss des Schwiegervaters habe ein Denkmal errichten wollen, das dauernder sein sollte, als jede Rede (Monumentum ei erigere statuisse quavis oratione perennius. S. 6).

Nach dieser Ansicht wäre die vita Agricolae etwa als eine historische Monographie zu bezeichnen, welche an dem Bilde der Persönlichkeit des Agricola sich entwickelt und in dieser Anfang und Schluss, mit einem Wort ihre Abrundung erhält.

Dagegen haben sich neuestens zu gleicher Zeit drei Gelehrte, ein Franzose, Gantrelle (s. o. Revue de l'instruction publique 1. Mai 1870, auch besonders abgedruckt) und zwei Deutsche, Emanuel Hoffmann (österr. Gymnas. Zeitschrift 1870. 4. S. 249—275, auch besonders abgedruckt) und Adolf Stahr (Geschichte der Regierung des Kaisers Tiberius. Uebersetzung v. Tacit. Annal. I—VI, Vorrede S. 11—22) ausgesprochen. Sie stimmen alle darin überein, dass sie in dem Agricola noch etwas anderes finden, als eine blosse Biographie oder eine historische Monographie, nemlich, dass der Schrift ein politischer Hintergedanke zu Grund liege. Gantrelle nennt dieselbe zwar ein éloge historique, un panégyrique, aber er glaubt que l'auteur en l'écrivant a surtout poursuivi un but politique (S. 46); le titre cache le véritable but du livre (S. 41. An. 2), l'éloge d'Agricola est selon nous un écrit essentiellement politique (S. 30). Nach Hoffmann bezweckte die Schrift in der Form der Biographie wesentlich eine Apologie und Ehrenrettung des Agricola (S. 7) gegenüber von dem Vorwurf des Servilismus im politischen Leben (S. 27). Ganz ebenso Gantrelle S. 41: l'oeuvre de Tacite a un caractére exclusivement apologétique, S. 30: pour repousser un blâme parti d'un groupe d'adversaires (S. 31 u. 37). A. Stahr aber findet in der Schrift von E. Hoffmann über Agricola seine Auffassung der Tendenz des Tacitus in allen Punkten bestätigt (Vorrede S. 22. A.). Er stellt den Agricola zusammen mit dem Panegyricus des Plinius, und glaubt, dass beide Freunde — von Domitian begünstigte Senatoren — sich in der gleichen Lage befanden, über ihre bisherige Laufbahn und ihr Verhalten sich entschuldigen zu müssen.

So interessant es ist, dass diese Gelehrten zum Theil verschiedener Nationalitäten völlig unabhängig von einander **) fast bis auf die Wahl des Ausdruckes in einem

---

*) Commentatio de vita et honoribus Agricolae. Virceb. 1868.

**) Die Vorrede Stahrs ist datirt v. 1. Juli 1870. S. 22 Anm.: das Manuscript befand sich bereits in den Händen des Verlegers, als ich die Schrift v. Em. Hoffmann »Der Agricola des Tacitus« zugesandt erhielt.

Punkte zusammenstimmen, der bisher unseres Wissens noch nicht beachtet worden ist, so muss doch sogleich bemerkt werden, dass sie von da an weit aus einander gehen. Während der französische Gelehrte in der Schrift ein politisches Glaubensbekenntniss (S. 31: le résumé d'une profession de foi politique) sowohl des Schwiegervaters als auch des Schwiegersohnes findet, und zwar das Glaubensbekenntniss eines Mannes vom juste milieu, der den republikanischen und imperialistischen Parteien gegenüber stehe, also das Losungswort einer politischen Partei, fasst Hoffmann diese Apologie als eine rein persönliche Sache auf. Ihm handelt es sich nicht um eine Partei, sondern um die Person. Er glaubt, Agricola's politische Haltung sei vielfach und wohl auch mit Recht angefochten worden. Er glaubt behaupten zu dürfen (S. 18), dass »Agricola wo r ein entschiedener Günstling des Domitian, doch keineswegs eine missliebige oder v dächtige Persönlichkeit gewesen«, dass er ein durchaus »ungefährlicher« Mann war, (»medium ingenium magis extra vitia, quam cum virtutibus S. 26 hist. I, 49«), dass es sich bei ihm »nicht um besondere Vorsichtsmassregeln zu Niederhaltung etwaiger Empörungsgelüste« handeln konnte, dass er eine »politische Gesinnung, die sich in Parteistellung offenbart, nicht hatte, dass er völligen Indifferentismus gegen die Person des jedesmaligen Herrschers bekundete«, dass ihm »politische Fahnenflüchtigkeit und wohl auch persönlicher Undank« vorgeworfen werden konnte, »dass man gar wohl meinen konnte, die Geschmeidigkeit, mit der sich Agricola in die verschiedenen Zeiten schickte, sollte ihm seine Carrière sichern« (S. 27). Der Berichterstatter Tacitus aber hatte nicht nur sein eigenstes Interesse dabei, weil er von Domitian selbst sehr begünstigt worden und für seine eigene Ehre und politische Carrière (S. 31) kämpfte; nein »er sucht sich auch ausdrücklich dem Trajan näher zu stellen« (S. 32), die C. 44 dem Agricola in den Mund gelegte Weissagung auf den Trajan »sieht einer bei den Haaren herbeigezogenen Schmeichelei gegen den neuen Herrscher nur allzu ähnlich und kann eben nur auf die Gunst desselben berechnet sein« (S. 32). »Der Agricola ist somit offenbar in erster Reihe an die Adresse des Trajan gerichtet.« Tacitus erfreute sich der Gunst des Trajan nicht, er verschwindet seit dem Jahre 100 n. Chr. aus dem öffentlichen Leben, er erhielt keine Statthalterschaft; dies musste als eine Zurücksetzung von ihm empfunden werden; diese »captatio benevolentiae des Trajan scheint ihm aber nicht geglückt zu sein (S. 34 u. 35) und der Agricola mag bei dem grossen Publikum eine kühle Aufnahme gefunden haben. Dafür bürgt das gänzliche Stillschweigen der alten Autoren über diese Schrift und beinahe auch über ihren Helden.«

Es liess sich zum voraus erwarten, dass Adolf Stahr nach der Stellung, die er gegenüber dem historischen Charakter des Tacitus genommen, sich diesen Anschauungen anschliessen würde. Dies ist denn auch wirklich der Fall; nur die Behauptung Hoffmann's, dass Tacitus dem Trajan sich habe näher stellen wollen, ist bei ihm nicht zu finden. Dagegen heisst es in der Vorrede a. a. O. S. 16: »Hier (im Agricola) finden wir bereits die ersten Anfänge einer Manier, der wir in den Annalen und namentlich in der Regierungsgeschichte Tiber's leider so überaus häufig begegnen, jener bösen Manier, nach welcher er stets geneigt nur das Schlimme anzunehmen oft Gerüchte erwähnt, die er selbst nicht verbürgen mag, oder verschiedene Auslegungen einer und derselben Sache neben einander stellt — da er weiss, dass man sich immer gerne dem Schlimmen zuwendet.« Dies sucht Stahr an der Art nachzuweisen, wie Tacitus das Gerücht über die Vergiftung des Agricola erwähnt. Bereits nimmt auch Stahr den Domitian gegenüber von Tacitus in ähnlicher Weise in Schutz, wie den Tiberius. »Ein kritisches Studium«, sagt er, »über Domitian und seine Regierung lässt keinen Zweifel übrig, dass die Ueberlieferung vom Parteihass vielfach entstellt und gefälscht worden ist und dass Domitian nicht das Ungeheuer von Despotismus, Grausamkeit und Feigheit war, als welches er in unsern Geschichtsbüchern dasteht.« Er meint, der letze Flavier habe sich zwei Klassen der Gesellschaft zu Feinden gemacht, die Aristokratie und die philosophischen Litteraten und diese haben ihre Macht, die Geschichte zu vergiften, gründlich ausgeübt (S. 18). Indessen liegen die Ergebnisse dieses kritischen Studiums über Domitian, obschon bereits als zweifellos hingestellt, uns noch nicht vor und es muss uns desshalb gestattet sein, vorerst noch bei dem stehen zu bleiben, was die historische Kritik bisher über Domitian festgestellt hat.

Wenden wir uns nun zur Beurtheilung der hier dargelegten Ansichten über die politische Tendenz des Agricola, so handelt es sich dabei von zwei Fragen, erstens von den politischen Parteien in Rom während der Kaiserzeit, sodann von der Persönlichkeit des Agricola und des Berichterstatters Tacitus.

Gantrelle — mit ihm haben wir es hier in erster Linie zu thun — sieht im Agricola eine politische Tendenzschrift geschrieben vom Standpunkt der Gemässigten (modérés) gegen die exaltirten Republikaner. Denn — wir geben seine charakteristischen Worte (S. 31) — sous l'empire ou trouve trois sortes d'hommes politiques: ceux de l'opposition ou les républicains, les impérialistes quand même ou les serviles et les hommes du juste milieu ou les modérés. Zu den letzeren rechnet er den Tacitus und Agricola nach den in der Schrift liegenden Anhaltspunkten, wenn man vom Partei-standpunkte absieht, mit vollem Recht. Er nimmt an, dass nach Domitians Tod mit dem Regierungsantritt Nerva's une réaction violente contre les serviles begonnen habe. Um dieser Grenzen zu setzen, habe er Männer von gemässigter Denkungsart wie den Verginius Rufus, den Tacitus in seine Umgebung und auf die Beamtenstellen berufen, zum grossen Missfallen der exaltirten Republikaner, denen diese Mässigung als Schwäche und Verrath erschien, eine Misstimmung, die sich sogar in einer Verschwörung gegen Nerva Luft gemacht zu haben (S. 38) scheine. Unter diesen Verhältnissen habe Tacitus den Agricola geschrieben und die Schrift seie vorzugsweise das Produkt der Noth-wendigkeit de prendre position au milieu des libéraux modérés du nouveau règne (S. 40).

Was die hier gemeinte Verschwörung des Calpurnius Crassus betrifft, so geben die beiden einzigen Stellen, in welchen davon berichtet wird, durchaus keinen Grund zu der Vermuthung, dass sie entstanden sei desshalb, weil Nerva der liberalen Reaction habe Einhalt thun wollen *). Der Text enthält davon keine Sylbe. Der Eindruck, den

---

*) Aurel. vict. epit. C. 12: Calpurnium Crassum promissis ingentibus animos militum perten-

man von Nerva erhält, ist vielmehr der, dass er ein alter und schwacher Mann war, beseelt von dem besten Willen, alles früher von dem Throne ausgegangene Unrecht wieder gut zu machen, und erfüllt von den humansten Regierungsgrundsätzen, welche er auch gegenüber von den Gefahren die ihm drohten — καίπερ ἐπιβουλευθείς — durchzuführen gedachte, aber bei mangelnder Energie nicht durchsetzen konnte. Die Verschwörer die gegen ihn auftraten, wodurch er zuletzt sich genöthigt sah, den Trajan zu adoptiren, scheinen viel weniger aus einer Partei exaltirter Republikaner hervorgegangen zu sein, als aus der Mitte der Soldaten, besonders der Prätorianer, welche den Domitian vermissten und rächen wollten. Dies ist ganz unzweifelhaft in Beziehung auf die Menterei der Prätorianer unter ihrem Präfekt Casperius Aelianus, welche ihre Wuth an den Mördern Domitians ausliessen. Es ist ganz richtig, dass in Folge der schnell eingetretenen Veränderung in den Regierungsgrundsätzen und in Folge der grossen Liberalität eine Verwirrung eintrat und insbesondere das Delatorenunwesen jetzt wieder in anderer Richtung überhand nahm, wesshalb Nerva ἀπηγόρευσε τοῦ λοιποῦ γίγνεσθαι τοιαῦτα. Dass aber über dieses ἀπαγορεύειν eine exaltirte Partei von Republikanern ergrimmt gewesen sei oder ihm gar nach dem Leben getrachtet habe, dies ist eine objectiv durch nichts begründete Hypothese, die selbst wiederum auf der Hypothese von dem Vorhandensein einer solchen Partei beruht.

Man sollte bei Uebertragung moderner Verhältnisse und Namen auf antike vorsichtiger sein, als man es in unserer Zeit so häufig ist. Manchmal gewährt diese Uebertragung eine überraschende Aufklärung; nicht selten aber wird dadurch auch ein schiefes Licht und ein trügerischer Schein auf Erscheinungen geworfen, die doch ihre richtige Erklärung nur aus ihrer Zeit erhalten. Eine nicht geringe Versuchung liegt auch in der Befriedigung, welche eine glänzende Darstellung gewährt. Man ergeht sich in geistreichen Parallelen und Combinationen und übersieht die schlichte Wahrheit. So spricht man von politischen Parteien der Kaiserzeit und Gantrelle benennt sie mit den bei den Franzosen üblichen Parteinamen *), Imperialisten, Republikaner, juste milieu, als hätte man es mit dem empire, oder der république oder mit Casimir Périer zu thun. Und doch hat es in dem kaiserlichen Rom niemals weder eine kaiserliche, noch eine republikanische, noch eine Mittelpartei gegeben. Wohl hatte die Republik politische

---

tantem detectumque confessumque Tarentum cum uxore removit, patribus lenitatem ejus increpantibus. Dio Cass. epit. 68, 3: Κράσσου δὲ Καλπουργίου, τῶν Κράσσων ἐκείνων ἐκγόνου, ἐπιβουλεύοντος μετὰ καὶ ἄλλων αὐτῷ, παρεκαθίσατο αὐτοὺς ἐν τινι θέᾳ etc. etc.

*) Stahr spricht im Tiberius öfter von einer Junkerpartei, einem Aristokratengeschmeiss, Adelscasten, Adelskreisen, er stellt S. 130 dem Stadtpräfecten, »dem Polizeipräsidenten in Rom«, L. Piso, die »modernen Hinkeldeya« zur Seite. In der Uebersetzung der Annalen l. 1—6 spricht er von Tacitus als von einem »eingefleischten Aristokraten und Junker« er ergehe sich, sagt er, »im reinen Romanstil« habe »eine ächt pfäffische Erklärungsphrase« (anderwärts »supranaturalistische«) in Bereitschaft. — »Der ganze aus trüben Sprachquellen geschöpfte Vorrath neuester politischer Phraseologie wird mit übler Freigebigkeit dem Tacitus aufgebürdet«: So Bernays »im neuen Reich« 1871. nr. 25. S. 965, Anzeige von Stahrs Uebersetzung der Annalen I—VI. Diese Anzeige ist uns während des Drucks dieses Programms erst zugekommen.

Parteien (Sallust. Catil. 38. 39. Iug. 41. Cic. pr. Sest. 45) mit ihren Führern, ihrer Organisation, ihren Cassen, ihrer claque, ihren contiones, ja selbst ihren bewaffneten Banden und ihren agents provocateurs. Und in der Kaiserzeit erkennen wir auch im Cirkus die durch Farben bezeichneten Rennparteien. Auch sehen wir in den Tagen des härtesten Drucks und der maasslosesten Willkür oder auch aus Gründen der Privatleidenschaft entschlossene Männer zusammentreten zu Verschwörungen. Aber man würde doch sehr Unrecht thun, auf diese Stimmungen einzelner oder auf vorübergehende Conspirationen oder auf die am Hofe sich geltend machenden Intriken (Tacit. Ann. II, 43 divisa et discors aula erat tacitis in Drusum aut Germanicum studiis IV, 17. incusabat Sejanus, deductam civitatem ut civili bello; esse qui se partium Agrippinae vocent *) Ann. IV, 21 ist von factiones accusatorum in senatu die Rede) den Namen politischer Parteien überzutragen. Man vergleiche den Bericht des Tacitus über die pisonische Verschwörung Ann. 15, 48—50. 54, hier ist entfernt von keiner politischen Partei die Rede, sondern Leute aller Art, diversi generis, ordinis, aetatis, sexus, dites, pauperes vereinigten sich, die Welt von Nero zu befreien. Man vergleiche ferner, wie Tacit. Ann. I, 2 das Aufhören der politischen Parteien nach der Niederlage des Antonius schildert: cum ferocissimi per acies aut proscriptione cecidissent, ceteri nobilium quanto quis servitio promtior opibus et honoribus extollerentur ac novis ex rebus aucti tuta et praesentia, quam vetera et periculosa mallent — suspecto senatus populique imperio ob certamina potentium et avaritiam magistratuum etc.**). — Wie es insbesondere mit einer angeblich republikanischen Partei sich verhielt, das sieht man am besten daraus, dass in der ganzen römischen Kaiserzeit von Tiberius an niemals ein ernster und energischer Versuch gemacht worden ist, die Republik herzustellen. Unter allen den Bürgerkriegen und Thronwechseln, welche die Geschichte der röm. Kaiser aufzuweisen hat, ist nicht einer im Namen der Freiheit und Republik, alle aber (Flavianer, Othonianer, Vitellianer u. s. w.) sind im Interesse einzelner Armeen und Machthaber eingetreten. Höchstens vorübergehende Anwandlungen von Republikanismus finden wir hie und da im Senat z. B. nach dem Tode des Caligula, solange bis der Senat erfuhr, dass die Prätorianer den Claudius zum Cäsar ausgerufen (s. d. Berichte v. Sueton, Josephus und Dio Cassius). Aber es wird dieses feige, vor jedem Gewalthaber, der ihm gesetzt wird, kriechende Collegium doch ebenso wenig den Charakter einer republikanischen, als den

---

*) Aus dieser Aeusserung Sejans, darauf berechnet, den Verdacht des Tiber. gegen Agrippina und ihre Kinder zu steigern, darf man doch nicht auf das wirkliche Vorhandensein einer agrippin. Partei schliessen, die im Stande und gewillt gewesen wäre, für sie und ihre Kinder etwas zu thun.

**) Vgl. Stahr, Tiberius S. 262: »Alles was irgendwie über die Menge hervorragte, war theils mit den Waffen in der Hand gefallen, theils von den Triumvirn gründlich ausgerottet, ganze Reihen edler Geschlechter waren niedergemäht und mit ihnen die einzigen Träger republikanischer Gewohnheiten und Erinnerungen, die alleinigen noch vorhandenen Elemente sittlicher Erhebung vernichtet worden. Was die Greuelzeit überdauert hatte, war versumpft und zu Grunde gegangen in der Stickluft langer Friedensknechtschaft«. So äussert sich Stahr gegen den Schluss seiner Darstellung des Tiberius. Dass eine dieser Parteien, »die Opposition« beim Regierungsantritt des Tiberius — des ersten legitimen Monarchen — mit all ihren Ansprüchen und ihrer ganzen Hohlheit aufgetreten sei, behauptet dagegen Freytag in Tiber. und Tacitus S. 202.

einer imperialistischen Partei an sich tragen. Wenn Freytag (Tiberius und Tacitus, Berl. 1870. S. 15 u. 202) den Senat als eine hochadeliche Körperschaft, als den Sitz der alten Aristokratie, als die Opposition mit allen ihren Ansprüchen, als die Optimatenpartei bezeichnet, die es für gut fand, liberal zu schillern, so mag er zusehen, wie er dies vereinigen kann mit der Schilderung, die er S. 148 sq. von den sittlichen Zuständen der römischen Gesellschaft macht. »Die Gesellschaft war nichts mehr als ein sich in seine Atome auflösender Leichnam.« »Von einem Interesse, am Staat und am vaterländischen Staatsleben war keine Rede mehr. Als die Truppen des Vespasian und Vitellius in Roms Gassen um das Schicksal der Welt fochten, sah das römische Publikum vergnügt zu, wie einem Gladiatorenspiel.« Das Geschlecht dieser Römer war zu impotent *), um lebensfähige und einflussreiche Parteien erzeugen zu können, wenn auch die öffentliche Meinung immer noch ihre amores halte (Tacit. Ann. II, 41) und über den Werth der einzelnen Persönlichkeiten sich zu urtheilen erlaubte, so dass man zwischen populären und unpopulären Gestalten unterscheiden kann. Es gehört zu den Merkmalen einer richtigen politischen Partei, dass ein Theil des Volkes hinter ihr steht, dessen Anschauungen sie vertritt, dass sie also ihr Programm hat, dieses durch bestimmte Mittel, durch Versammlungen, Verzweigungen, durch Organe (Vorstände, Ausschüsse, Schriftstücke) durchzuführen sucht, dass sie ihre Namen und Erkennungszeichen hat. Von allem diesem ist in der römischen Kaiserzeit nichts zu finden. Gewisse politische Theorieen und Gesinnungen waren wohl verbreitet: in manchen lebte noch ein feuriger Freiheitsgeist, der dem Despoten opponirte, ein rechter Hass gegen die Tyrannei und deren Verbrechen. Allein das sind einzelne, meist ehrenwerthe, zum Theil auch sonderbare, bizarre, verbissene **) Persönlichkeiten, der Zahl nach so wenige, dass man ihre Namen kennt, meist Philosophen der stoischen Schule, Gelehrte, Litteraten, daher auch oft genug von dem Despotismus verfolgt (vgl. was Tacitus ann. 14, 12 von Thrasea Paetus, 16, 26 von Arulenus Rusticus, hist. 4, c. 4—6. 8 von Helvidius Priscus berichtet). Aber es muss die Begriffe verwirren und unrichtige Vorstellungen von den Zuständen jener Zeit erwecken, wenn man diese mit den modernen Parteinamen Opposition, Liberale, Republikaner, exaltirte Liberale etc. oder als Junkerpartei, Adelscaste etc. bezeichnet; es liegt eine völlige Verkennung der geschichtlichen Wahrheit darin, wenn Merivale (hist. rom. under the empire VII, 415, bei Stahr Uebers. d. Annal. S. 18) den modernen Adel und Clerus in Parallele setzt mit den Liberalen und den angeblichen aristokratischen Republikanern der Kaiserzeit. Mit demselben Rechte könnte man in Musonius Rufus, der nach Tacit. hist. III, 81 sich in das feindliche Lager der Flavianer begab und coeptabat permixtus manipulis bona pacis ac belli discrimina disserens armatos monere, ein Mitglied einer damals bestehenden Friedensliga erkennen. — In gleicher Weise treffen wir denn eine Anzahl Männer ebenfalls von ehrenwerthem Cha-

---

*) Man vergleiche noch über dieses Thema Dio Cass. 59, 16. 58, 12. Stahr Tiberius S. 119. 176. 232. 262.

**) Ann. 16, 22 ut imperium evertant libertatem praeferunt, si perverterint, libertatem ipsam aggredientur.

rakter, aber fügsamer, massvoller, welche die öffentlichen Zustände so nahmen wie sie waren, unter den gegebenen Umständen das Erreichbare zu erstreben suchten und wenn sie auch mit einer gewissen Wehmuth auf die glorreichen Zeiten der Republik zurückschauten, ja wenn sie selbst in der Täuschung befangen waren, die Partei des Senats und der Optimaten in den letzten Jahrzehnten der Republik repräsentire *) diese glorreichen Zeiten und Cassius sei der letzte Römer gewesen, doch nunmehr in der Monarchie die einzig mögliche Staatsform erkannten (hist. I, 16. agr. 3), und dem Grundsatze huldigten, den Tacitus (hist. 4, 8) dem Eprius Marcellus in den Mund legt, bonos imperatores voto expetere, qualescunque tolerare, sich dabei jedoch von jedem unehrenhaften Servilismus ferne hielten, inter abruptam contumaciam et deforme obsequium pergebant iter ambitione ac periculis vacuum. Eine Anzahl solcher Männer führt Tacitus schon auf aus den Zeiten Tiber's den L. Piso, vir nobilis ac ferox Ann. II, 34, IV, 21, den pontifex Piso, nullius servilis sententiae sponte auctor, sapienter moderans quotiens necessitas ingrueret VI, 10, den Aemilius Lepidus Ann. IV, 20. VI, 27 hunc ego temporibus illis gravem et sapientem virum fuisse comperio, nam pleraque ab saevis adulationibus aliorum in melius flexit, neque tamen temperamenti egebat, cum aequabili auctoritate et gratia apud Tiberium viguerit. Hieher gehört das Wort Agr. c. 42 posse etiam sub malis principibus magnos viros esse (vgl. oben S. 4). Zu dieser Klasse gehörte denn auch Agricola und Tacitus. Aber man würde sehr Unrecht haben sie eine Partei zu nennen, sei es eine republikanische oder eine Partei des juste milieu; denn weder die eine noch die andere existirte in Rom. Es sind einzelne Persönlichkeiten, mit denen wir es zu thun haben, aber wie der Senat ohne politische Grundsätze war, vielmehr jeden gestürzten Herrscher mit Verwünschungen verfolgte und jeden neuen mit ausschweifenden Schmeicheleien begrüsste **), so wie das Volk des Circus und Amphitheaters nach panis und circenses dürstete, so wie die Prätorianer und die Legionen Donative verlangten und den Thron versteigerten, so erkennen wir in dem tonangebenden Theil des römischen Reichs der Kaiserzeit eine servile zu jeder ernsten, patriotischen Unternehmung unfähige Masse von vornehmem und gemeinem Gesindel und ein verkäufliches meuterisches Heer, das in den meisten Fällen über Thron und Regierung verfügte. Wenn die vorstehenden Ausführungen begründet sind, so hat es im röm. Kaiserreich keine politischen Parteien im eigentlichen Sinne gegeben. Folglich kann der Agricola weder an eine politische Partei gerichtet und für sie geschrieben sein, noch auch als Programm einer politischen Partei betrachtet werden. Die einzige tendenziöse Stelle, die wir in Agricola c. 42 gefunden, erscheint also als der Ausdruck persönlicher Ueberzeugung des Berichterstatters und als gerichtet an einzelne Personen, die wir aber nimmermehr als eine Partei anzuerkennen vermögen.

---

*) Dass dies übrigens nicht wohl die Ansicht des Tacitus sein konnte, ergibt sich aus Ann. I, 2. suspecto S. P. Q. R. imperio ob certamina potentium et avaritiam magistratuum, invalido legum auxilio, quae vi, ambitu, postremo pecunia turbabantur. Es war hergebrachte Auffassung den Zerfall des Reichs vom Untergang des republikanischen Sinnes zu datiren. Teuffel a. a. O. S. 542.

**) Hist. I, 45—47. II, 55. IV, 3 u. 4. Dio Cass. 58, 10 u. 11.

Da aber nun in der Auffassung von Hoffmann und Stahr die Personen, um die es sich hier handelt, Agricola und Tacitus mancherlei Anfechtungen erleiden und Tendenzen auch da gefunden werden, wo wir keine zu finden uns berechtigt hielten, so müssen wir auch die Persönlichkeiten des Berichterstatters und des Agricola, wie sie aus der vorliegenden Schrift sich ergeben, näher ins Auge fassen. Die Ausstellungen nun, die in dieser Beziehung gemacht werden, laufen im Allgemeinen darauf hinaus, dass Agricola als ein ziemlich unbedeutender, in politischer Beziehung charakterloser Mann, Tacitus aber als ein tendenziöser, parteiischer, interessirter und unredlicher Berichterstatter erscheint.

Was nun den Agricola betrifft, so müssen wir zuerst die auch von Hoffmann am Schlusse S. 35 berührte auf den ersten Anblick immerhin auffallende Erscheinung besprechen, dass von Agricola und seinen Kriegszügen in Britannien keiner der alten Schriftsteller etwas erwähnt ausser Tacitus in der uns erhaltenen Schrift und Dio Cassius 66, 20, dieser übrigens ganz kurz und in leicht hingeworfenen Sätzen, die Entdeckung, dass Britannien eine Insel sei, besonders hervorhebend. Es erhebt sich sofort der Zweifel, ob nicht Tacitus schon in militärischer Beziehung die Verdienste seines Schwiegervaters in tendenziöser Weise übertrieben habe, da die alten Schriftsteller selbst da wo sie von Agricolas Kriegszügen reden sollen d. h. wo sie von andern Kriegen jener Zeit und insbesondere von andern britannischen Kriegen sprechen, sich über Agricola schweigend verhalten. Roth in seiner Ausgabe des Agricola Excurs. zu c. 2. S. 102 u. 103 hat sich mit dieser Frage beschäftigt und die in Frage kommenden Schriftsteller einer Durchsicht unterstellt. Er kommt zu dem Resultat, »dass Agricolas Verdienste zwar nicht intensiv kleiner gewesen seien, als Tacitus es darstelle« *), aber die Eroberungen Agricolas müssen doch einen entsprechenden Eindruck auf das Publikum nicht gemacht haben, da weder von gleichzeitigen Schriftstellern, wie von Suetonius, der davon ganz schweige, ein grosser Werth auf dieselben gelegt werde, noch auch von den spätern Sammlern in den Quellen die Unterwerfung Britanniens als ein Haupdatum in der Geschichte Domitians vorgefunden worden sei.

Dagegen nun, dass Agricola's Eroberungen keinen entsprechenden Eindruck auf das Publikum gemacht haben sollen, spricht das, was Tacitus c. 39—41 von diesem Eindruck berichtet: veram magnamque victoriam ingenti fama celebrari; er spricht von einem impetus famae und favor exercitus, von den Auszeichnungen, die ihm Domitian verlieh — triumphalia ornamenta, illustris statuae honor, von seinem nomen militare und der gloria viri, von tempora, quae sileri Agricolam non sinerent; er sagt von ihm poscebatur ore vulgi dux Agricola, comparantibus cunctis vigorem et constantiam et expertum bellis animum cum inertia et formidine aliorum. Er schliesst mit den Worten: sic Agricola in ipsam gloriam praeceps agebatur. Wenn man das alles auch auf Rech-

---

*) Man sieht, mit welchem Recht Stahr Uebersetzung der Annalen S. 15 sich auf Roth beruft zum Beweis dafür, »dass Tacitus die Thaten seines Schwiegervaters als Gouverneur v. Britannien bedeutend übertrieben habe.«

nung der Uebertreibungen des Tacitus schreiben will, so müssen sehr gewichtige, anderweitige Gründe vorliegen, um aus Tacitus einen solchen Aufschneider, Schwindler und Tendenzlügner zu machen.

Jenes Stillschweigen der Geschichtschreiber erklärt sich vielmehr aus folgenden Momenten. Vorerst erinnern wir uns, wie sparsam überhaupt die Quellen der röm. Kaisergeschichte vom 2. Jahrhundert an fliessen. Mit Tacitus schliesst die Reihe der bedeutenden römischen Historiker. Die griech. Historiker der Zeit aber, Plutarch und die späteren Appian, Arrian, Herodian, Dio Cassius beziehen sich entweder gar nicht auf die in Frage stehende Zeit, oder die darauf bezüglichen Werke und Abschnitte ihrer Werke sind verloren oder nur verstümmelt und in Auszügen vorhanden. Das letzte gilt gerade von dem kurzen Abschnitt über Agricola bei Dio Cassius 66, 20. Von Sueton aber, der allein hier noch in Frage kommen kann und etwa 20 Jahre nach Agricola's Tode seine Cäsarbiographieen geschrieben haben wird, ist bekannt, dass kriegerische und politische Verhältnisse bei ihm sehr in den Hintergrund treten und sein Hauptaugenmerk auf die Persönlichkeit der Cäsares gerichtet ist, welche er durch zahlreiche Einzelnheiten und Anekdoten zu illustriren sucht *). Was berichtet uns denn Sueton von anderen Grössen der Kaiserzeit, die in jenen Tagen von Nero bis Trajan eine zum Theil bedeutend in die Ereignisse eingreifende Rolle spielten? von Corbulo, von Verginius Rufus, Suetonius Paullinus, Marius Celsus, Petilius Cerialis? Viel und mancherlei berichtet Tacitus von ihnen. Sueton erwähnt sie mit keiner Sylbe, auch sonst liegen von ihnen nur zerstreute Notizen vor bei Josephus, Plinius, Plutarch, Frontin, Dio Cassius. Man lese doch z. B. den Bericht des Sueton über das Ende Nero's, mit allen möglichen Anekdoten und Klatschgeschichten ausgestattet. Von Julius Vindex spricht er einmal, und später im Leben des Galba noch zweimal, von Verginius Rufus kein Wort und doch, wie bedeutend erscheint diese Persönlichkeit bis in die Zeiten des Nerva, bei Tacitus, Plinius, Plutarch, Seneca, Dio Cassius. Ebenso steht bei Sueton gar nichts von Civilis und dem Aufstand der Bataver, von diesem Aufstand, der so gefährlich war, dass die Römer in Germania nur noch Moguntiacum und Vindonissa behaupteten; von diesem spricht überhaupt nur noch Josephus und Dio Cassius. Jene Männer waren nicht so glücklich, einen Tacitus zum Biographen zu haben. Agricola aber, von dem vielleicht sonst auch gelten würde, was Tacitus von andern sagt, multos veterum velut inglorios et ignobiles oblivio obruit, verdankt seine Berühmtheit, dass er posteritati narratus et traditus superstes est, einzig dem Umstand, dass einer der grössten römischen Geschichtschreiber sein Schwiegersohn war und ihm ein Ehrendenkmal gesetzt hat, mansurum in animis hominum, in aeternitate temporum, (in) fama rerum. Damit sollen die Verdienste Agricola's in keiner Weise geschmälert, sondern es soll nur gezeigt werden, dass die Dürftigkeit der Nachrichten über ihn nichts Auffallendes hat.

Man darf nicht vergessen, dass man es mit der Kaiserzeit zu thun.

---

*) S. Teuffel, röm. Litt.Gesch. 8. 714 u. 718. »Sueton ist über Kriegsvorgänge und politische Verhältnisse allzu schweigsam. Seine vitae caesarum sind ein biographisches, kein historisches Werk ohne Umblick auf gleichzeitige Begebenheiten und pragmatische Anlage.«

hat. Die Grössen dieser Zeit erscheinen doch in einem ganz anderen Lichte als die der Republik. Sie sind, soferne sie nicht dem kaiserlichen Hause angehören, durchaus untergeordnet. Aller Glanz strahlt vom Throne aus, dieser wird verherrlicht auch durch die Thaten der Feldherrn *). Ein vir magnus konnte einer nur sein, quantum licebat (Agric. 17. Julius Frontinus, vir magnus quantum licebat). Als eine Haupteigenschaft der viri magni etiam sub malis principibus wird Agric. 42 obsequium et modestia neben industria et vigor aufgeführt. Je heller der Glanz der untergeordneten Führer aufzu-leuchten schien, desto gefährdeter wurde auch ihre Stellung, und da den Monarchen kein Prinzip der Legitimität schützte, so wurde es Maxime der kaiserlichen Politik, sie niederzuhalten und nach Umständen aus dem Wege zu räumen.

Dagegen die magni viri der römischen Republik, ein Marcellus, Fabius Maximus, Scipio, Aemilius Paulus, Marius, Sulla, Lucullus, Pompejus, Cicero, Caesar erhalten ihren Glanz und ihre Grösse nicht von dem Senatus populusque romanus und von den Triumphen, die der Senat etwa gestattet, sondern sie sind es, welche mit ihrem Glanz die römische Republik und das souveräne Volk überstrahlen. Mögen sie angeklagt, prozessirt, verfolgt und verbannt werden, sie stehen da als die Häupter, als die selb-ständigen und verantwortlichen Leiter kriegerischer Unternehmungen, als die Träger von Verfassungsfragen; Senat und Volk sind nicht ihre principes, deren Gnadensonne ihnen leuchtet, sondern ihre pares, denen sie gleichberechtigt eingereiht sind. Ueber allen aber steht das Gesetz und die Verfassung und die Cardinaltugenden der Republikaner sind nicht obsequium et modestia, auch selbst nicht vigor et industria, sondern animi magnitudo, constantia, fortitudo, libertas, studium reipublicae (Gegensatz hist. I, 1 inscitia reip. ut alienae). In jenen Zeiten dagegen, welche Tacitus Agric. 1 infesta virtutibus nennt **), und in welche alle jene oben genannten Männer gehören, war »der Kriegsmänner Thatkraft, wie der Gelehrten Productivität gleich sehr beschränkt« (Roth a. a. S. S. 100) ***).

Wenn wir so den Agricola in der richtigen Zeitstellung betrachten und in die Reihe der oben genannten Männer setzen, die ungefähr seine Zeitgenossen waren, so kann, was die Nachrichten über ihn bei den Alten betrifft, doch nur von einem gra-duellen Unterschied zwischen ihm und den andern die Rede sein, über welche wir, den Tacitus ausgenommen, auch nur bald von zwei, bald von drei oder vier Schriftstellern zerstreute, meist spärliche Nachrichten haben. Sie nehmen alle eine untergeordnete Stellung ein, sie sind nicht, wie die Männer der Republik, Träger der Nationalgrösse und des Nationalruhms. Wir haben also von dieser Seite keinen Grund, die Verdienste des Agricola für unbedeutend und die Berichte des Tacitus über ihn für übertrieben zu halten.

---

*) Vgl. Teuffel a. a. O. S. 657. Der Kaiser thut, was seine Generale ausführen.
**) Vielleicht nach dem Vorgange Cicero's im Orat. 10 tempora timens inimica virtuti.
***) S. die Vergleichung der Gesch.schreiber der Republik mit denen der Kaiserzeit: Annal. 4, 33. nobis in arto et inglorius labor. Hist. I, 1. magna illa ingenia cessere, auch Dio Cass. 53, 19.

Wenn nun weder in dem Verhältniss des Agricola und Tacitus zu angeblichen politischen Parteien, noch in der Stellung, welche Agricola thatsächlich in der Geschichte einnimmt, ein Grund vorliegt, die Berichterstattung eine politisch oder persönlich tendenziöse zu nennen, so fragt sich weiter, ob nicht doch in der Darstellung die Thatsachen tendenziös zugerichtet und verarbeitet sind. Wir haben es hier hauptsächlich mit Hoffmann zu thun. Der Raum dieser Blätter gestattet uns nicht auf die Stahr'sche Argumentation uns weiter, als es im Vorstehenden schon geschehen ist, einzulassen und zu untersuchen, wie weit überhaupt seine Anschauung von dem historischen Charakter des Tacitus, die sich vornemlich auf die Annalen gründet, von der schwarzsichtigen, zu Verdächtigungen geneigten Manier des Tacitus, Personen und Verhältnisse aufzufassen, gerechtfertigt ist. Wir beschränken uns auf das, was im Agricola vor uns liegt. Es sind theils Unterlassungs-, theils Begehungssünden, welche Hoffmann dem Tacitus zur Last legt: Tacitus schweigt, färbt, verdächtigt und schmeichelt, um — Carrière zu machen. In diesen kurzen Worten lässt sich die Anschauung Hoffmanns von der Taciteischen Darstellung im Agricola zusammenfassen.

Hoffmann findet es von vorne herein (S. 1 u. 2 und S. 30) befremdend, dass das Bild des Agricola, wie es Tacitus entwerfe, »mehr eine farblose Abstraction als ein lebensvolles Porträt voll individueller Bestimmtheit« sei, indem der Verf. »mit Ausnahme der Jahre der Verwaltung Britanniens die übrigen Hauptmomente in Agricola's Leben nur mit kurzen Worten andeute, um das Urtheil der Leser in der ihm angemessen dünkenden Richtung zu bestimmen«. Bereits liegt also eine Tendenz vor in diesem »Hinweggleiten über den grösseren Theil von Agricola's Leben, statt uns eine wirkliche Geschichte zu geben«. Wir fragen, ob sich das wirklich so verhält und, wenn dies der Fall wäre, was daraus für eine etwaige Tendenz des Tacitus geschlossen werden dürfte. Allerdings kann man sagen: Britannien und Agricola in Britannien nehmen zwei Drittheile der Schrift in Anspruch. Von dem Rest kommt etwa ein Drittheil auf die Einleitung und den Schluss und zwei Drittheile kommen auf das Leben des Agricola selbst. Hiernach wird angenommen werden dürfen, dass der Berichterstatter auf den Abschnitt, welcher sich mit Britannien und der Verwaltung des Landes durch Agricola beschäftigt, das grösste Gewicht gelegt hat, ohne Zweifel, weil derselbe Gelegenheit gab, die öffentliche Thätigkeit Agricola's von ihrer glänzendsten Seite zu schildern. Es mag zugegeben werden, dass er die Aufmerksamkeit der Leser vornemlich und in erster Linie auf diesen Theil in dem Leben des Agricola lenken wollte. Es war wohl auch der Mühe werth, eine eingehendere Darstellung der Eroberung einer Provinz zu widmen, welche an sich ziemlich entlegen und desshalb weniger bekannt, erst eigentlich durch Agricola als Insel entdeckt und dem röm. Reich in der Ausdehnung einverleibt worden ist, welche später sich wenig mehr veränderte. So hat Cäsar der Erzählung von seinen Einfällen in Germanien und Britannien, sowie Tacitus der Darstellung von der Belagerung Jerusalems ethnographische und geographische Schilderungen vorangeschickt. Freilich schrieben sie keine Biographieen. Es fragt sich nun nur, ob die geringere Berücksichtigung, welche das übrige Leben des Agricola findet, dazu berechtigt, dem Berichterstatter die Tendenz zu unterschieben, dass er geflissentlich darauf ausgegangen sei, die Aufmerksamkeit der Leser von denjenigen Partieen aus dem Leben Agricola's abzulenken, welche etwa eine eingehendere Betrachtung und Darstellung weniger vertragen konnten.

Hoffmann findet es (S. 8) nemlich auffallend, dass der Leser in dem Bericht über den Anfang der militärischen Laufbahn Agricola's (Agr. c. 5) nicht ein einziges positives Factum erfahre. Die ganze Darstellung sei ein rhetorisches Kunststück, bewege sich in Hyperbeln. Was würde man wohl sagen, wenn von dem 22jährigen Offizier eine Reihe von Grossthaten angeführt würden? Alsbald würde wohl der Vorwurf militärischer Renommage laut werden. Wo aber Hoffmann rhetorische Antithesen findet, noscere provinciam, nosci exercitui etc., da finde ich die Meisterhand des Berichterstatters, die in wenigen kräftigen Zügen das Verhalten eines tüchtigen jungen Mannes im Felde zeichnet, so dass die Worte heute noch jedem angehenden Offizier als goldene Regel empfohlen werden könnten. Wer sich aber unterrichten will, was es mit den »Hyperbeln« für eine Bewandtniss hat, der vergleiche doch genau·die Schilderung des Tacitus über die damaligen Zustände Britanniens in den Annalen XIV, 29, 31—35. Ich führe einige Ausdrücke an: gravis clades accepta, defectio provinciae, rebellatio, occultae conjurationes, colonia direpta et incensa, eadem clades Londinio, Verulamio, von einer legio: quod peditum interfecti; ad septuaginta milia militum et sociorum cecidisse constitit; caedes, patibula, ignes, cruces. Und nun will Hoffmann, um das Hyperbolische nachzuweisen, an dem unschuldigen pluralischen Ausdruck: coloniae mäckeln, weil um eine colonia direpta und incensa sei, Londinium und Verulamium aber keine Colonieen *), nur municipia gewesen seien. Ich verweise über diesen Punkt auf Roth a. a. O. S. 109 und Urlichs a. a. O. S. 23 und frage: auf welcher Seite ist hier das Tendenziöse, bei dem Schriftsteller oder bei dem Exegeten? Die gleiche Frage muss ich erheben in Beziehung auf die Erklärung der Stelle C. 5 fin. quae cuncta etsi consiliis ductuque alterius agebantur cet., artem et usum et stimulos addidere juveni intravitque animum militaris gloriae cupido cet. Hoffmann S. 8 Anm. 6 findet »in dem doch wohl absichtlich gegen die Logik verstossenden Satz ein Kunststück«. Der Leser soll durch etsi etc. zu dem adversativen Gedanken verleitet werden, dass auch dem jungen Agricola sein Antheil an dem glücklichen Erfolge gebühre. Diesen Gedanken, den Tacitus nicht auszusprechen wagte, hätte er durch den absichtlich unlogisch gehaltenen zu etsi nicht passenden Nachsatz verhüllt. Eine unbefangene Betrachtung aber findet hier nichts anderes als den Gedanken: obwohl das Verdienst und der Ruhm dem Führer zukam, also Agricola's Verdienst und Ruhm untergeordnet war, so hatte er doch viel erfahren und gelernt und sich für Kriegsruhm begeistert. Hier war es, wo er der militärischen Laufbahn Geschmack abgewann, so gefährlich sie auch war und so wenig sie ihm Dank einbrachte.

Besonders anstössig ist Hoffmann C. 6, wo »der Lobredner gezwungen ist, sich und dem Leser mit allerlei Kunstgriffen und Entschuldigungen und wortreichen Phrasen

---

●*) C. 33. Londinium war zwar allerdings »cognomento coloniae non insigne« aber »copia negotiatorum et commeatuum maxime celebre«. Man übersetze: ganze Colonialstädte etc.

über thatenleere Jahre seines Helden hinwegzuhelfen« (S. 15). Es sind die letzten Regierungsjahre Nero's, sammt den auf Nero's Tod folgenden Bürgerkriegen (62—69 n. Chr.). Agricola bekleidete in diesen Jahren die Quästur, das Tribunat und die Prätur. Die Stille und Unthätigkeit (quiete, otio, inertia pro sapientia, silentium)*), in welcher Agricola diese Jahre zugebracht haben soll, während sein College im Tribunat Arulenus Rusticus im Senat offen und freimüthig zu Gunsten des Paetus Thrasea intercediren wollte, verdenkt ihm Hoffmann ebensosehr, als seine Haltung in den Tagen des Galba, Otho, Vitellius, Vespasian. Tacitus deute mit keinem Worte an, wie sich der Prätor Agricola bei dem Sturze Nero's verhielt. Ebenso schweige er über sein Verhalten bei Galba's Sturz. Die Entscheidung zwischen Otho und Vitellius habe er in der Verborgenheit Liguriens abgewartet, für Vespasian sich erst nach der Niederlage der Vitellianer bei Cremona erklärt; überhaupt habe er sich »mit wunderbarer Gefügigkeit und bedenklicher Selbstverleugnung in Zeiten und Menschen zu schicken gewusst«. Dabei werden mancherlei Fragen und Bedenken erhoben: ob Agricola vielleicht bei Zeiten seinen Uebertritt in das Lager des siegreichen Galba zu bewerkstelligen gewusst habe? ob er bei Galba's Sturz mannhaft zu dem Fürsten gestanden oder in schmachvollem Wettlauf in das Lager des Otho geeilt sei, um die Hand des Siegers zu küssen, ob er vielleicht am Abend in der Curie sich an dem Beschluss betheiligt habe, durch welchen der servile Senat dem eben noch verhöhnten Otho den Augustustitel zuerkannte? Die Ermordung seiner Mutter durch die Othonianer gab ihm einen zwar traurigen aber erwünschten Anlass, sich mit gutem Vorwande aus Rom zu entfernen u. s. w. Für Vespasian erklärte er sich nicht sogleich, wie Tacitus sage (statim), sondern erst nach der Schlacht bei Cremona und der Besetzung des narbonensischen Galliens durch die Flavianer »erklärte sich Agricola« sogleich »für die bereits allenthalben siegreiche Partei des neuen Prätendenten und bot seine Dienste an« **).

Aus diesen Bemerkungen ist doch überall der Ton einer tendenziösen Auslegung ebenso herauszufühlen als die Ruhe und Unbefangenheit der Untersuchung zu vermissen. Tacitus soll über das, was man von diesen Jahren wissen sollte, absichtlich schweigen, weil Agricola dadurch blossgestellt worden wäre. Das wenige aber, was er sagt, wird in ein möglichst zweideutiges Licht gestellt. Ueber das Letztere nun wollen wir keine weitere Bemerkung machen. Die Tendenz Schlimmes zu finden ist in die Augen fallend. Was aber das Erstere, das Schweigen des Tacitus betrifft, so konnte dieses einen doppelten Grund haben, erstlich den, dass nichts Erhebliches zu sagen war, zweitens den von Hoffmann vorausgesetzten: dass dadurch Agricola's Blössen gedeckt werden sollten. Wir können es begreiflich finden, dass Tacitus, welcher seinem Schwiegervater ein Ehrendenkmal setzen wollte, zu denjenigen Partieen seines Lebens hineilte, in welchen er

---

*) Vgl. Mommsen zur Lebensgeschichte des jüngeren Plinius Hermes III. S. 88, wo von Plinius nicht nur dieselbe Laufbahn, sondern auch ganz dasselbe Verhalten während des Tribunats und der Prätur angeführt und bemerkt wird, das Tribunat und die Prätur seien für ihn nichts anderes gewesen, als die Gewinnung einer höheren Rangclasse u. s. w. Mommsen verweist dort auf unsere Stelle Agric. 6.

**) Man vergleiche doch die Darstellung derselben Thatsache bei Hoffmann S. 12 und bei Urlichs a. a. O. S. 16.

besonders glänzte *) und keine Veranlassung hatte, sich zu verbreiten über Zeiten, in denen sich ein Ehrenmann kein Verdienst erwerben konnte. Man musste sich entweder nutzlos in nullum reipublicae usum (c. 42) opfern oder in Anbetracht der schlimmen Zeiten eine weise Zurückhaltung (inertia pro sapientia) beobachten. Und so hebt Tacitus denn auch hier, wie oben bemerkt, an Agricola diejenige Eigenschaft hervor, welche an ihm neben seiner militärischen Tüchtigkeit die hervorragende war, das weise Masshalten, wobei er seine Rechtlichkeit in dem beschränkten Kreise, der ihm angewiesen war, als Quästor von Asien und Beamter des Galba nicht unerwähnt lässt. Man muss doch in so gewaltig aufgeregten Zeiten, da innerhalb 1 ½ Jahren ein viermaliger gewaltsamer Thronwechsel unter blutigen Kämpfen stattfand und das römische Reich von Spanien' bis nach Syrien tief aufgewühlt noch durch den gefährlichen Aufstand des Civilis schwer bedroht war, eine billige Beurtheilung der einzelnen Persönlichkeiten eintreten lassen. Marius Celsus stand allerdings (hist. I, 45. 71) mannhaft zu Galba, aber auch nachher zu Otho. Aber er hatte beidemal eine ganz andere öffentliche Stellung als Agricola, das einemal als Consul designatus, das anderemal war er inter duces bello delectus. Nach dem, was wir sonst von Agricola erfahren, haben wir kein Recht zu vermuthen, dass er, wenn er eine hervorragendere öffentliche Stellung gehabt hätte, nicht ebenso ehrenhaft sich würde benommen haben, wie Marius Celsus. Wie verhängnissvoll und versuchungsreich die Lage war (magnorum virorum discrimina hist. II, 61), in welche ehrenwerthe Männer in solchen Zeiten kommen konnten, sehen wir an dem Beispiel des Suetonius Paulinus, eines nicht minder hervorragenden und geachteten Mannes jener Tage, der einer der Führer der Othonianer nach Otho's Tode gefangen gesetzt necessariis magis quam honestis defensionibus utebatur. proditionem ultro imputabat, pleraque fortuita fraudi suae assignabat (hist. II, 60). Dadurch rettete er sich; Vitellius credidit de perfidia, fidem absolvit. Aus der neueren Zeit aber liegen die Beispiele von Lafayette, Dumouriez, Ney, Murat, Guizot, Johannes v. Müller u. A. sehr nahe. Es durfte sich jeder glücklich schätzen, der auf diesem schlüpfrigen Boden nicht stand. Sollte Agricola geflissentlich sich in eine solche Bahn werfen?? Wie konnte er sich für irgend einen dieser Prätendenten Otho, Vitellius, selbst Vespasian begeistern oder mit Wärme aussprechen? **)

Was aber die Geschäfte dieser Magistrate in der Kaiserzeit betrifft, so darf man sich bloss an die bekannte Thatsache erinnern, dass die grossen Magistrate der Republik in der Kaiserzeit ihre reale Bedeutung verloren hatten, dass nur ihr Name, damit noch ein Theil des Glanzes geblieben war, ihr Amtskreis aber sich von dem eines Reichs-

---

*) Wir finden es daher auch begreiflich, wenn Tacitus die Thatsache übergieng, auf welche Urlichs a. a. O. S. 13 aufmerksam macht, dass Agricola in der 2ten Hälfte seines Quästurjahres sanctissimo praeside usum esse. Es handelte sich nicht darum, das Löbliche an dem praeses hervorzuheben, sondern an Agricola, an welchem es durch den Gegensatz des Proconsul pronus in omnem aviditatem in ein helles Licht gesetzt wird. Denn »hoc quidem loco Tacitus laudatoris potius partes, quam rerum scriptoris egit«, Urlichs a. a. O.

**) Vgl. Tacit. hist. I, 50 pro Othone an pro Vitellio in templa ituros?' utrasque impias preces, utraque detestanda vota inter duos, quorum bello id solum scires, deteriorem fore, qui vicisset — et ambigua de Vespasiano fama.

beamten zu dem eines Municipalbeamten wenigstens grösstentheils verengert hatte. So fiel dem Agricola als Tribun und Praetor regionum urbis quaedam administratio zu, wie Urlichs a. a. O. S. 14 nachweist mit dem Bemerken, Tacitus nenne dies inertia.

Wenn ferner Hoffmann S. 13 die Thätigkeit des Agricola gegenüber von einer meuterischen Legion .(c. 7) nicht besonders verdienstlich finden kann, da die Schuld der Zügellosigkeit der Legion an den Legaten gelegen und »nach deren Entfernung es nicht schwer sein konnte, die gelockerte Disciplin wieder herzustellen«, und wenn er in der rarissima moderatio, qua maluit videri invenisse bonos quam fecisse »eine rhetorische Phrase findet, berechnet dem Agricola wieder ein Verdienst zu vindiziren, wo ein solches kaum gefunden werden kann«, so möge er uns gestatten, die Sache anders anzusehen. Die Legion war tarde ad sacramentum transgressa, sie war schwierig, »hochfahrend furchtbar« nimia formidolosa. In den Historien I, 60 spricht Tacitus von der corrupta modestia exercitus, wie der Legat conviciis militum proturbatus desertus fugerit. Agr. 16 heisst es von dem Zustand des Heeres: miles otio lasciviebat, veluti pacti exercitus licentiam, dux salutem. Immerhin mag die Hauptschuld an den Offizieren gelegen haben — foedis legatorum certaminibus. Aber der meuterische und unbotmässige Geist der Soldaten war vorhanden *), und es bleibt immerhin ein Verdienst, eine solche Truppe wieder auf die Bahn der Ordnung zurückzuführen. Als ein Hauptverdienst erscheint seine moderatio, qua maluit videri invenisse bonos quam fecisse. Er ignorirte vieles, was hätte bestraft werden mögen, ohne Zweifel, weil er den foeda certamina legatorum auch seinerseits Rechnung trug. Es erscheint doch kleinlich, an allen diesen Erzählungen zu mäckeln, als hätte Tacitus nöthig gehabt, nach den geringfügigsten Momenten gierig zu haschen, aus denen er seinem Schwiegervater ein Lob bereiten konnte. Vielmehr sollte man denken, es würde ihm an Stoff nicht gefehlt haben, wenn er wirklich »in breiterer Ausführung« das Verfahren und die Verdienste seines Schwiegervaters in diesen einzelnen Fällen hätte schildern wollen.

Agricola's Verhalten als Legionslegat in Britannien unter Vettius Bolanus, welcher (c. 8) placidius Britanniae praeerat, quam feroci provincia dignum est und von dem es Cap. 16 heisst: non agitavit Britanniam disciplina; eadem inertia erga hostes, schildert Tacitus so: temperavit Agr. vim suam ardoremque compescuit, ne incresceret, peritus obsequi, eruditusque utilia honestis miscere. Hoffmann legt es so aus: »Agricola fand es angemessen, unter dem schlaffen unthätigen Vettius Bolanus auch seinerseits schlaff und unthätig zu sein, um ja nicht besser als sein Vorgesetzter zu erscheinen.« Wir enthalten uns hiebei jeder weiteren Bemerkung.

Unter dem kriegstüchtigen Cerialis soll den Agricola wieder »die Furcht vor der Eifersucht seines Vorgesetzten auf den eigenen Ruhm haben bescheiden verzichten lassen und wohl auch gehindert haben, sich allzusehr hervorzuthun«. Tacitus spricht von seiner virtus in obsequendo, verecundia in praedicando, er sagt von Agricola: nunquam gestis in suam. famam exsultavit, ad ducem ut minister fortunam referebat. Von

---

*) Vgl. Agric. 16, wo es von dem britt. Heer unter Vettius Bolanus, der innocens war und nullis delictis invisus heisst: similis petulantia castrorum.

Cerialis sagt er: primo labores mox et gloriam communicabat (er liess den Agricola Theil nehmen, nicht bloss, wie Hoffmann S. 13 übersetzt: Agricola hatte Antheil etc.). Es wird einerseits das neidlose Verfahren des Cerialis gegen Agricola in dem communicabat u. s. w., andererseits das diesem entsprechende loyale Verhalten des Agricola gegenüber von dem Höchstcommandirenden geschildert. Wenn Hoffmann das Motiv des Letzteren in der Furcht vor der Eifersucht des Oberbefehlshabers findet, so sind wir ebensowohl berechtigt, das Motiv in dem Naturell und der sittlichen Anlage des Agricola zu finden, von welchem überall als ein charakteristischer Zug angeführt wird, dass er stets von jeder Selbstüberhebung sich ferne hielt und gegenüber von Vorgesetzten seine untergeordnete Stellung nie aus den Augen verlor. Die Worte: extra invidiam nec extra gloriam erat bezeichnen das objective Sachverhältniss, aber keine Motive.

Was man alles aus einer schlichten Erzählung machen und zwischen den Zeilen lesen kann, das erkennt man nicht nur daraus, dass Hoffmann auch an dieser Stelle dem Agricola die Absicht unterschiebt, Carrière zu machen, sondern auch besonders aus dem, was er zwischen C. 8 u. 9 einschiebt. Cerialis nemlich, ein Vetter Vespasians, habe dem Agricola die Empfehlung mit nach Rom gegeben, dass er ein brauchbarer, im Uebrigen durchaus ungefährlicher, weil unselbständiger Mann gewesen, wesshalb die kaiserlichen Gnadenbezeugungen nicht haben ausbleiben können. Dass Cerialis den Agricola empfohlen hat, ist sehr wahrscheinlich und zwar nicht bloss als einen »brauchbaren Mann«, sondern wohl als einen ausgezeichneten, sehr loyalen Offizier. Das Kapitel der Gefährlichkeit zu berühren, war für einen Mann in der Stellung von Cerialis (vgl. Tac. hist. IV, 86) ein kitzlicher Punkt, gegenüber von Vespasian aber, der sich über die Gefährlichkeit von Männern wie Mucian, Antonius Primus, Arrius Varus etc., sowie seines eigenen Sohnes Domitian zu beruhigen wusste, eine unnöthige Bemühung (vgl. hist. IV, 39, 51. 86). Warum sollte auch bei Vespasian Eifersucht gegen den noch untergeordneten Offizier vorausgesetzt werden, während man dies bei Domitian gegenüber von dem ruhmbedeckten, an der Spitze eines Heeres stehenden Statthalter von Britannien unwahrscheinlich finden will? (s. u. S. 25.)

Wenn ferner Hoffmann (S. 14) es dahin gestellt sein lässt, ob gerade die Verleihung der durchaus friedlichen Provinz Aquitanien eine so besondere Auszeichnung war, mit der sich zugleich die Anwartschaft auf das Consulat verbunden habe, so belehrt uns Urlichs a. a. O. S. 20 ff. in einer gründlichen Ausführung, dass allerdings der Provinz Aquitanien das Prädikat splendida dignitas zukomme »propter amplissimae dignitatis administrationem ut uni e validissimis terrarum partibus« (hist. III, 53); dass in der Reihenfolge der Provinzen Aquitanien gewöhnlich die letzte vor dem Consulat war, wird durch eine Reihe von Beispielen insbesondere auch aus Inschriften ausser Zweifel gestellt. Dasselbe erweist Urlichs auch in Beziehung auf die Procuratorstellen in derselben Provinz, die ebenfalls einen Vorzug genossen, nemlich den, dass diese Beamten ab Aquitania provincia ad summum ejus muneris gradum ad procurationem a rationibus vel a libellis et censibus haud raro promovebantur nusquam vero ad alteram provinciam descendebant. Es geschieht also mit Vorbedacht und im Hinblick auf die Wichtigkeit dieser Stellen, dass Tacitus c. 9. ausdrücklich anführt, Agricola habe sich auch mit diesen hohen Beamten auf einen guten Fuss zu stellen und Reibungen, wie sie häufig Statt fanden, zu vermeiden gewusst. Ueberlegenheit brachte wenig Ehre, Einbussen aber waren erniedrigend, vincere inglorium, atteri sordidum. Ob diese Worte bloss auf das Verhältniss zu den Procuratoren, oder auch auf das zu den Collegen sich beziehen, lässt sich nicht bestimmt entscheiden, Mir scheint letzteres wahrscheinlicher, wegen des atteri sordidum vgl. übrigens Roth a. a. O. zu der Stelle S. 20 u. 21.

Der Abschnitt, in welchem Tacitus die Verhältnisse Britanniens und die Thätigkeit Agricolas während der 7jährigen Verwaltung in 30 Kapiteln schildert, gibt Hoffmann Veranlassung nur zu einigen kurzen Bemerkungen, wovon die eine sich auf das Missverhältniss bezieht, in welchem dieser Abschnitt zu dem Umfang und der übrigen Haltung der Schrift stehe. Tacitus, meint er, befinde sich hier auf einem Boden, »wo er nicht mehr gezwungen sei, sich und dem Leser mit allerlei Kunstgriffen und Entschuldigungen und wortreichen Phrasen über thatenleere Jahre seines Helden hinwegzuhelfen.« (S. 15.) Dieses Missverhältniss kann von niemand in Abrede gezogen werden und ist oben schon besprochen. Er erschwert jeden Versuch die Schrift in eine bestimmte Litteraturgattung einzureihen. Es wird ferner keinem Anstand unterliegen zuzugeben, dass die Ausführlichkeit dieses Abschnittes dazu dienen soll, die glänzendste Seite in dem Leben des Agricola gehörig ins Licht zu stellen. Was es mit den »Kunstgriffen und wortreichen Phrasen«, so wie mit den »thatenleeren Jahren« für eine Bewandtniss hat ist oben gezeigt worden.

Eine zweite Bemerkung bezieht sich auf c. 19, in welchem Tacitus die Amtsführung des Agricola in der innern Provinzialverwaltung schildert. Hoffmann findet hier »einen reichen Antithesenprunk«, wie oben in c. 5. Es ist nicht einzusehen, warum die rhetorische Seite der Darstellung hervorgehoben werden will. Man hat es doch hier nicht bloss mit Worten und Phrasen zu thun. Vielmehr kann man sich kaum eine gedrängtere, inhaltsreichere Darstellung einer guten Verwaltung denken, als diejenige ist, welche hier gegeben wird und in vielen Zügen an die classischen Vorschriften erinnert, welche Cicero an seinen Bruder Quintus in den Briefen an denselben (I, 1) gerichtet hat. Der Nerv der Darstellung liegt aber auch hier in der Hervorhebung der massvollen, verständigen, gerechten und ausgleichenden Haltung, welche Agricola in seiner Verwaltung nach allen Richtungen bethätigte.

Ueber die civilisatorischen Maassregeln Agricolas c. 21 lässt sich Hoffmann S. 15 so aus: »Die Mittel, die er zu Festigung der römischen Herrschaft anzuwenden weiss und die einem Staatsmann aus Machiavelli's Schule Ehre machen würden, beweisen, dass er sich auch auf die höhere Staatsraison versteht.« Die röm. Cultur und die Genüsse, welche sie bot, sollten die rohe Kraft der Barbaren brechen — die humanitas war pars servitutis. Auch diese Bemerkung können wir nur ansehen, als eingegeben von dem Streben, an dem Bilde Agricola so viel als möglich Flecken zu entdecken. Denn diese angebliche Staatsraison begründet doch keinen speziellen Vorwurf gegen Agricola. Was in allen andern röm. Provinzen des Abendlandes in Spanien, Gallien,

Germanien, Rhätien, Noricum, N. Afrika, das geschah natürlich auch in Britannien. Man mag einen Stein werfen auf die Eroberer und die von ihnen herbeigeführte servitus, dass aber die Eroberung humanitas, Civilisation in ihrem Gefolge hat, ist gewiss nicht zu beklagen, man müsste denn nur mit Rousseau sich zu der Ansicht bekennen, dass Bildung und Civilisation überhaupt über die Menschheit nur Unheil bringe.

Alle weiteren Ausführungen Hoffmanns (von S. 16 an) beziehen sich auf das Verhältniss des Domitian zu Agricola und des Tacitus zu Trajan. In ersterer Beziehung »ist Tacitus bemüht, dem Leser die Meinung beizubringen, dass ein Mann von Agricolas Bedeutung für Domitian ein Gegenstand des Argwohns und des tödtlichen Hasses habe sein müssen,« was »eine nicht auf Thatsachen, sondern auf den sonstigen Charakter desselbe basirte Vermuthung« sei. Hiernach erscheinen als tendenziös gefärbt (S. 19) die Berichte des Tacitus a) über die Abberufung des Agricola aus Britannien, b) über sein Leben in Rom nach seiner Abberufung, c) über seinen Tod.

Ueber die Abberufung des Agricola aus Britannien haben wir keinen andern Bericht als den des Tacitus. Dieser geht dahin, Domitian habe den Agricola nach 7jähriger Amtsführung zurückberufen, ihm hohe Auszeichnungen zu Theil werden lassen und ihm noch weitere, die Zutheilung der Provinz Syrien in Aussicht gestellt, Agricola habe die Provinz quietam und tutam seinem Nachfolger abgegeben; sei in aller Stille nach Rom zurückgekehrt und von Domitian frostig empfangen worden. Als Motiv der Zurückberufung gibt Tacitus die Unruhe des Domitian an über den wachsenden, besonders durch den letzten Sieg erhöhten Feldherrnruhm des Agricola. Uebrigens habe Domitian vorerst noch sein Missbehagen klüglich verheimlicht.

Ein besonderes Motiv für diese Abberufung würde man nun allerdings nicht vermissen. Denn eine 7jährige Verwaltung war, wie Urlichs a. a. O. S. 31 bemerkt, doppelt so lang, als man sonst hervorragende Persönlichkeiten an den Statthalterposten zu belassen pflegte. Es ist auch vielleicht anzunehmen, dass Domitian über die Amtsführung des Agricola beruhigt war bis zum letzten Jahr (84), in welchem die Besiegung des Aufstandes unter Calgacus und die Umschiffung Britanniens, welches eben damit dem Reich nunmehr ganz einverleibt schien, dem Domitian doch zu viel wurde, der sich erinnerte ducis boni *imperatoriam* virtutem esse. Es kam ihm diese Siegesnachricht um so ungelegener, als sie zusammentraf mit einem unrühmlichen Feldzug, den er gegen die Chatten unternommen, und welchen er zwar mit einem Triumphe krönte, aber mit einem solchen, von dem Tacitus berichtet, dass er derisui fuisse c. 39. Wenn man daher auch mit Hoffmann (S. 18) aus der langen Dauer der Statthalterschaft *) Agricolas an sich den Schluss ziehen darf, dass Agricola zu den in keiner Weise missliebigen und verdächtigen Persönlichkeiten gehört haben müsse, so ist doch ebenso wenig ein Grund vorhanden, die Angaben des Tacitus über die Abberufung desselben für unwahrscheinlich, für eine tendenziöse Verdächtigung des Domitian zu halten. Wenn ferner Hoffmann es nicht glaub-

---

*) Seit dem Regierungsantritt Domitians war es übrigens erst das dritte Jahr, dass Agr. seinen Posten in Britannien inne hatte.

lich finden will, dass »Domitian aus Furcht vor der in Agricolas Hand befindlichen Macht denselben durch den Köder der syrischen Statthalterhaft vom Heere weg nach Rom gelockt habe,« so lässt sich doch aus dem Texte des c. 40 die ausdrückliche Angabe des Tacitus nicht entfernen, dass Domitian in den ehrenvollsten Ausdrücken ihm die triumphalia insignia im Senat zuerkennen (decerni in senatu) und noch die Willensmeinung beifügen' (dem Protokoll) liess (addi insuper opinionem jubet), dass dem Agricola die Provinzverwaltung von Syrien bestimmt sei, die höchste Stufe, welche ein Römer in dieser Laufbahn ersteigen konnte, eine Ehre, welche seiner Zeit auch dem Germanicus als solacium bei seiner Abberufung zugetheilt wurde. Wir haben es hier mit einer urkundlichen Angabe zu thun. Urlichs S. 31 spricht dabei von einer magnifica principis oratio, quam in Senatu praesens Tacitus audivit. Die Erzählung von der Sendung eines vertrauten Freigelassenen des Domitian, der dem Agricola die Urkunde von seiner Ernennung nach Syrien einhändigen sollte, ihm dann im Canal begegnet und sofort wieder umgekehrt sei, ohne ihn auch nur zu begrüssen, lässt Tacitus dahingestellt, indem er die Meinung ausspricht: si non e vero e ben trovato. Dass er dieses Gerücht überhaupt anführt (narrare non dedignatns est Urlichs S. 31), ist für sich ein Beweis, dass er es für glaublich hielt. Wenn Urlichs a. a. O. es desshalb für ex ingenio principis fictum et compositum hält, weil die Bestätigung des Agricola fehle, der dies doch seinem Schwiegersohn gewiss mitgetheilt hätte, so glaube ich dagegen, dass Agricola dies selbst nicht sicher wusste, weil ja der Freigelassene umgekehrt sein soll, ohne mit ihm zusammengekommen zu sein. Jedenfalls hat man dem Domitian in der öffentlichen Meinung so etwas zugetraut (ex ingenio principis fictum).

Wenn man nun darauf sich beruft, Domitian habe keinen Grund gehabt, den Agricola, einen so treuen Diener und loyalen Beamten zu fürchten, so können wir damit ganz übereinstimmen, so wenig wir es für begründet halten können, desshalb den Charakter und die Bedeutung des Agricola so unvortheilhaft zu zeichnen, wie es von Hoffmann geschieht. Aber wenn Agricola nicht zu fürchten war, so folgt daraus nicht, dass Domitian ihn nicht gefürchtet hat, und wenn man uns glauben machen will, »es habe sich bei seiner Abberufung nur um das Maass der ihm für seine langen loyalen und erfolgreichen Dienste zu gewährenden Anerkennung gehandelt« (Hoffm. S. 18) und Domitian werde nichts Eiligeres zu thun gehabt, als ihn die ausgesuchtesten Ehrenbelohnungen für Agricola ausfindig zu machen, so setzt man sich in direkten Widerspruch nicht etwa nur mit der Darstellung des Tacitus, der noch ausdrücklich den frostigen Empfang bei Domitian berichtet und dass er noctu, ut praeceptum erat, in palatium venit, sondern mit allem dem, was wir sonst von Domitian wissen. Wenn ein ausgeprägter verhasster Tyrann, ein feiger, grausamer stets von Gewissensangst geplagter Despot keine Unruhe empfinden sollte vor einem durch die öffentliche Meinung wegen seines Charakters und insbesondere seiner kriegerischen Tüchtigkeit ausgezeichneten Manne, der an der Spitze eines geübten ihm ergebenen Kriegsheeres steht, so wäre dies ein viel grösseres Wunder, als wenn ein edler und rechtschaffener Mann einen ihm feindselig gesinnten Bösewicht, der ihm in die Hände fällt, laufen liesse.

4

Der Empfang, welcher dem Agricola jetzt, als er die Provinz abgegeben und nicht mehr an der Spitze seines Kriegsheeres stand, bei Domitian zu Theil wurde, konnte ihn über die Stimmung bei Hofe hinreichend aufklären und musste ihm zugleich, den Weg vorzeichnen, den er bei seinem künftigen Leben zu Rom einzuhalten hatte. Agricola lebte nemlich nach seiner Abberufung aus Britannien in Rom noch 8 Jahre in tiefster Zurückgezogenheit (tranquillitatem atque otium penitus hausit c. 40), ohne jedoch den Angriffen seiner Widersacher, die die Stimmung des Herrschers kannten (crebro accusatus, infensus virtutibus princeps) und der öffentlichen Aufmerksamkeit zu entgehen, welche sich in den Tagen, da schwere Unglücksfälle in Mösien, Dacien, Germanien und Pannonien die röm. Heere trafen (annus funeribus et cladibus insigniretur), mit Ungestüm ihm zuwendete (poscebatur ore vulgi dux Agricola), so dass Agricola wider seinen Willen dem Ruhm sich in die Arme geworfen sah (in ipsam gloriam praeceps agebatur c. 41). Bei allem dem benahm sich jedoch Agricola so vorsichtig, zurückhaltend und maassvoll, dass sich kein Vorwand auffinden liess ihm zu Leibe zu gehen (absens accusatus, absens absolutus est). Domitian begnügte sich damit, ihm durch unzweideutige Winke (periti cogitationem principis) anzudeuten, dass er ihm keine weitere öffentliche Stellung zu geben gesonnen sei. Diese Winke war Agricola klug genug zu beherzigen und die Bitte vor den Thron zu bringen, dass er auf ein weiteres Proconsulat, zu dessen Uebernahme jetzt die Reihe an ihn gekommen wäre, verzichten dürfe, eine Bitte, welche Domitian nicht eben gnädigst *), sondern so gewährte, dass er ihm den sonst bei einem solchen Verzicht gewährten proconsularischen Gehalt nicht einmal anbot. Auch diese Andeutung der Stimmung des Herrschers blieb für Agricola nicht verloren; durch seine moderatio und sapientia aber wusste er doch denselben so zu entwaffnen (Domitiani natura praeceps in iram leniebatur), dass er die übrige Zeit seines Lebens, noch 3 Jahre ohne besondere Anfechtung hinbrachte.

Wir müssen es dem Urtheile der Leser des Tacitus überlassen, ob sie die vorstehende Darstellung von dem Lebensgang Agricolas und seinem Verhältniss zu Domitian für richtig halten, oder der Auffassung Hoffmanns beistimmen, welcher S. 22 meint »wer nur nach Thatsachen urtheilte, der durfte leicht annehmen, dass die Sonne der kaiserlichen Gnade ungetrübt über Agricola scheine, ja dass dieser seit der Verzichtleistung auf das Proconsulat in der Gunst des Kaisers nur noch gestiegen sei.« Für uns ist der Bericht des Tacitus und der historisch constatirte Charakter des Domitian auch eine Thatsache und es muss wiederholt darauf hingewiesen werden, dass es sich nicht darum handelt, ob Agricola ungefährlich war, was wir nicht bestreiten, sondern darum ob ihn Domitian für ungefährlich hielt. Warum Domitian ihn ausserdem unangefochten liess und nicht gegen ihn vorzugehen wagte, dafür lassen sich mancherlei Gründe denken, welchen nachzugehen hier nicht am Orte ist. Vollständig erklärt aber

---

*) Vgl. Urlichs a. a. O. S. 32, welcher bemerkt, Domitian habe consequent den Grundsatz befolgt, keinem der alten Feldherrn des Vespasian mehr ein Commando anzuvertrauen, so habe er in ipso Asiae proconsulatu einen berühmten Kriegsmann aus diesen Kreisen der S. Civica Cerialis tödten lassen.

wird das zuwartende heimtückische Verfahren des Tyrannen, wenn man den Verdacht begründet finden kann, dass endlich Domitian das lange angesammelte Gift der Angst und des Argwohns dem Agricola in einer Dosis realen Giftes zu schmecken gegeben habe. — Wir wollen uns hiebei nicht auf das Zeugniss des Dio Cassius 66, 20 berufen, welcher sagt, dass Agricola τὸ λοιπὸν τοῦ βίου ἔν τε ἀτιμίᾳ *) καὶ ἐνδείᾳ ἔζησεν, ἅτε καὶ μείζονα ἤ κατὰ στρατηγὸν καταπράξας καὶ τέλος ἐσφάγη δι᾽ αὐτὰ ταῦτα ὑπὸ Δομιτιανοῖ. Hoffmann (S. 23. Anm.) nennt diesen Bericht einfach absurd, bemerkt aber doch, was sehr zu beachten ist, dass derselbe unmöglich direkt aus Tacitus geschöpft sein könne. Demnach müssen nach dem Zugeständnisse Hoffmanns noch andere Quellen dem Dio Cassius zu Gebot gestanden haben, aus welchen er jene Angaben entnommen hat. — Die Beweisführung Hoffmanns bewegt sich in einem eigenthümlichen Zirkel. Der Agricola soll eine Tendenzschrift sein bezweckend eine Ehrenrettung des Agricola und eine Annäherung des Tacitus an Trajan. Die Beweise dafür werden aus den Thatsachen geschöpft, welche die Schrift enthält. Diese Thatsachen selbst aber werden aus jener Tendenz heraus erklärt.

Wenn endlich Hoffmann (S. 19) Tacitus vorwirft, dass er verschweige **), wie er im J. 88 von Domitian durch Verleihung der Prätur ausgezeichnet worden sei, eine Auszeichnung, »die ihm doch ohne Zweifel mit Rücksicht auf seinen Schwiegervater zu Theil wurde«, so wäre dies eben zu beweisen, nicht aber aus dieser Vermuthung sofort ein Schluss auf das Verhältniss Domitians zu Agricola und weiterhin hieraus ein Schluss auf die Unredlichkeit der Taciteischen Darstellung zu ziehen. Man kann aus jenem Factum, dass Tacitus im Jahr 88 Praetor war (was er Ann. XI, 1 selbst erwähnt und hist. I, 1 andeutet, wenn man nicht zum voraus annimmt, dass er tendenziös schrieb, keine Veranlassung hatte anzuführen) nur so viel entnehmen, dass das Verhältniss des Agricola zu Domitian die Beförderung des Schwiegersohnes nicht hinderte. Sonst aber mochten noch Gründe genug vorliegen, welche für die Ernennung des Tacitus zum Praetor sprachen. Ob nicht Domitian am Ende auch ähnliche Gründe gehabt haben konnte, den Schwiegersohn zu begünstigen, während er den Schwiegervater verderben wollte, wie Tiberius ***), als er dem Sejan noch verschiedene Gunstbezeugungen ertheilte, nachdem er schon entschlossen war sich denselben vom Halse zu schaffen, wer will dies behaupten oder bestreiten?

Aehnlich verhält es sich mit einem andern Vorwurf (S. 19 u. 22), dass nemlich Tacitus ebenfalls zu schweigen für gut finde über eine ihm übertragene Verwaltung einer kaiserl. Provinz 4 Jahre vor dem Tode des Agricola, worin gewiss kein Zeichen des Hasses, sondern vielmehr kaiserlicher Gunst gegen Agricola und seine Familie zu erblicken sei. Es ist vorerst zu beachten, dass man es auch hier mit einer blossen Ver-

---

*) Ueber den Ausdruck ἀτιμίᾳ vgl. Roth a. a. O. S. 102 »ohne Ehrengenuss«.

**) Tacitus verschweigt auch seine Zurücksetzung durch Domitian, seit seiner Prätur im J. 88; vgl. Mommsen in Hermes III. S. 88, zur Lebensgesch. des jüngeren Plinius. Diese Zurücksetzung wurde ihm doch ohne Zweifel auch mit Rücksicht auf seinen Schwiegervater zu Theil?

***) Vgl. Stahr, Tiberius S. 221 fg.

muthung zu thun hat, dass es aber nicht erlaubt ist, hieraus beweisende Schlüsse zu ziehen, wie dies v. Hoffmann S. 22 geschieht, wenn er dort positiv behauptet, Domitian habe den Tacitus durch Verleihung einer Provinzlegation ausgezeichnet, so dass Agricola für seine eigene Bescheidenheit durch die Auszeichnung seines Schwiegersohns entschädigt wurde. Wenn man diese angebliche Legation des Tacitus als richtig gelten lassen und in ein Verhältniss setzen will zu der Stellung des Agricola gegenüber von Domitian, so gibt uns hierüber Urlichs a. a. O. S. 32 eine andere Erklärung, nemlich die, dass Domitian dem Agricola nicht nur das genannte Proconsulat, sondern auch das zweite Consulat versagt habe. Für diesen neuen Beweis von Ungnade hätte nun Domitian dem Tochtermann eine Gnadenerweisung zugewendet. Aber eben diese Gnadenerweisung ist und bleibt eine Hypothese und es ist noch kein Ausleger der hieher bezüglichen Stelle Agr. 45 so keck gewesen, geradezu zu behaupten, das dort erwähnte Quadriennium seie, mit einer Provinziallegation des Tacitus ausgefüllt gewesen.

Am schwersten wiegt der von Hoffmann (S. 23 ff.) u. Stahr a. a. O. (S. 14 ff.) gegen Tacitus erhobene Vorwurf, dass er in seiner tendenziösen Darstellung d. h. in seiner Bemühung den Agricola und damit sich in der Stellung zu Domitian zu rechtfertigen und (nach Hoffmann) sich damit dem Trajan zu empfehlen, so weit gehe, dem Gerüchte über einen von Domitian an Agricola verübten Giftmord Glauben zu verschaffen; »eine Gewaltthat musste an Agricola verübt worden sein, wenn die Mit- und Nachwelt an den Hass glauben sollte, den Domitians verstecktes Gemüth gegen denselben genährt habe.« (Hoffmann S. 25.) In ähnlicher Weise sieht Stahr a. a. O. S. 15 ff. die Sache nur mit dem Unterschiede, dass ihm die Schrift des Tacitus nicht nur vom persönlichen, sondern auch von einem Parteistandpunkt aus verfasst ist, als eine Kundgebung der von Domitian zuletzt mit schonungsloser Härte verfolgten und — »nicht mit Unrecht« — verdächtigten Aristokratie, dass er ferner desshalb den Plinius mit ihm zusammenstellt, der gleich ihm und andern bemüht war »seine Freude über die neue Wandlung der Dinge, über den Sieg der guten Sache d. h. der Sache der Aristokratie »der Guten«, seinen Hass gegen das Andenken des ermordeten Kaisers und seinen Eifer in Verfolgung seiner Anhänger zu bezeugen« (S. 20), dass er von einem Bestreben des Tacitus, sich dem Trajan zu nähern und zu empfehlen vorerst noch nichts weiss, sonst aber seine anderwärts hergenommene Anschauung von der Manier des Tacitus, das Schlimmste immer anzunehmen und unverbürgte schlimme Gerüchte, dem Leser zur Auswahl, neben einander zu stellen, hier schon in der Erzählung von dem Tode des Agricola bestätigt findet. Aber darin stimmen beide überein, dass Tacitus »dem alle und jede positive Anhaltspunkte für die Bestätigung des Vergiftungsgerüchts fehlten,« diesen Mangel durch gehässige Interpretation von Umständen einigermaassen zu ersetzen sucht, die vielmehr geeignet scheinen, das Gegentheil zu beweisen« (Stahr S. 16) oder, wie Hoffmann sagt S. 24, »dass unbefangen betrachtet alle diese Züge (welche Tacitus erwähnt c. 43) dafür sprechen müssten, dass sich Agricola bis zu seinem Ende der besonderen Antheilnahme und Auszeichnung von Seiten des Kaisers zu erfreuen hatte« etc. »Tacitus weiss mit Advocatenkunst aus diesen Daten die entgegengesetzten Folgerungen zu ziehen.«

Wir geben zu, dass die von Tacitus angeführten Thatsachen, welche allerdings zur Bestätigung des auf Domitian ruhenden Verdachts dienen sollen, verschiedener Deutung fähig sind, die häufigen Erkundigungen nach dem Befinden des Kranken, die Besuche der ersten Freigelassenen und der vertrautesten Aerzte, die Aufstellung von Eilboten am letzten Tage um dem auf seinem Albanum weilenden die eintretenden Zeichen des nahen Todes zu melden, die Aeusserung von Schmerz in Stimmung und Miene auf erhaltene Todesnachricht, endlich die Befriedigung, die Domitian an den Tag legte, als er hörte, dass ihn Agricola zum Miterben eingesetzt. Auch spricht Tacitus nur von einem constans rumor veneno interceptum und erklärt keine positiven Beweise für Bestätigung des Gerüchtes zu haben: nobis nihil comperti affirmare ausim. Ich kann mich, sagt er, darüber nicht bestimmt aussprechen, denn wir (die Familie nobis) haben darüber nichts Sicheres in Erfahrung gebracht. Wie hätte man auch darüber etwas Sicheres erfahren sollen? Tochter und Tochtermann waren abwesend, die gebeugte verlassene Gattin in fortwährender Angst vor Domitian. Obduktionen der Leiche, die erst nicht immer einen Aufschluss geben, kannte man nicht. Wer hätte auch eine solche anordnen mögen? Aber der constans rumor veneno interceptum beweist doch klar, dass die öffentliche Meinung sich das Verhältniss zwischen Domitian und Agricola nicht als ein Verhältniss der Gunst, des Vertrauens und der Gnade dachte. Dass nun alle jene von Tacitus aufgeführten und durch unzweideutige Beisätze erläuterten Thatsachen nur Kundgebungen seien der zarten Sorge und Theilnahme eines Domitian, um dies glauben zu können, dazu gehört, dass man das vorhergehende Verhältniss des Domitian zu Agricola sich ganz anders vorstellt, als wir es. urkundlich darstellen konnten, und dass man wiederum von Domitian eine ganz andere Meinung sich bildet, als die bis jetzt von der Geschichte beglaubigte. Desshalb kommt auch Stahr darauf hinaus, dass die Ueberlieferung über Domitian vom Parteihass vielfach entstellt und gefälscht worden sei und ein kritisches Studium zweifellos eine Ehrenrettung des Domitian erwarten lasse. Eine kühne Aeusserung. Es ist immerhin noch ein gewaltiger Unterschied zwischen Domitian und Tiberius, der doch jedenfalls ein Kriegsmann, ein Charakter, ein staatskluger Kopf war *). und wenn man einige Ursache hat, hauptsächlich auf die unparteiischen Berichte des Tacitus gestützt, in einigen nicht unwesentlichen Punkten die traditionelle Ansicht über die Regierung und Person des Tiberius zu berichtigen, so wären wir begierig, aus welchen Quellen und Urkunden man die Belege schöpfen könnte, auf welche sich eine wesentliche Rectification der hergebrachten Urtheile über Domitian stützen sollte. Die ganze Tücke und Bösartigkeit seines Wesens trat allerdings erst in den letzten Jahren seiner Regierung hervor, etwa von der Zeit an, in welche der Tod des Agricola fällt **), (J. 93) quo Domitianus continuo et velut uno ictu rempublicam exhausit. Vorher hatte man wenigstens lichte Augenblicke und Unterbrechungen, intervalla et spiramenta temporum wahrgenommen und aus den früheren Zeiten seiner Regierung werden auch manche

---

*) Vgl. Baur, Progr. d. Gymn. Tüb. 1856. S. 19.
**) Vgl. Mommsen a. a. O. S. 84.

Züge von clementia, abstinentia, justitia, industria, diligentia erzählt vgl. Sueton 3. 8. 9. 10. init. mixtura aequabili vitiorum et virtutum. Aber doch steht er von Anfang an in schlechtem Ruf (hist. 4, 2. 51. 39. Sueton 1. 2). Er ist ein böser Bube, und wird auch so behandelt (hist. IV, 86. Mucianus elusit, ut vana pueriliter cupientem) dem Vater verdächtig, dem Bruder aufsätzig. Das Gerücht gab ihm den Tod seines Bruders Titus schuld. Man hielt ihn für fähig, feindselig und mit den Waffen in der Hand gegen Vater und Bruder aufzutreten Tacit. hist. IV, 86. Er entblödet sich nicht nach seines Vaters Tod laut zu äussern, dessen Testament seie gefälscht, er sei zum Mitregenten bestimmt gewesen. Als er zur Regierung gelangt rühmt er sich sofort (Sueton c. 13) et patri se et fratri imperium dedisse, illos sibi reddidisse, spricht von seinem pulvinar, lässt sich dominus oder Deus tituliren. Später aber macht ihn die ausschweifendste Verschwendung zum Räuber und die fortwährende Angst zum grausamen Tyrannen »virtutes quoque in vitia deflexit, super ingenii naturam inopia rapax metu saevus.« Sueton. Auch Tiberius und Nero begannen besser und endeten schlecht. Es ist als ob zuletzt diese Herrscher, als sie ihre Umgebung, soviel sie konnten das Reich, jedenfalls sich ins Verderben stürzten, einer Art von dämonischem Grössenwahnsinn wären verfallen gewesen *).

Aus dem Berichte des Tacitus vom Tode des Agricola ergibt sich soviel, dass das konstante Gerücht von einer Vergiftung desselben durch die von ihm aufgeführten Thatsachen genährt wurde, dass Tacitus, obschon die Familie keine Beweise dafür hatte, eber an die Vergiftung zu glauben scheint, wenigstens gewiss ebenso wie die öffentliche Meinung den Domitian für vollkommen fähig dazu hielt, wie denn aus der ganzen Darstellung von c. 39 an gegenüber von Domitian die Verachtung, die sittliche Entrüstung, der Hass und Abscheu des Berichterstatters unzweideutig hervortritt. Als ob es nun etwas Auffallendes haben könnte, wenn ein ehrenwerther Geschichtschreiber, dessen bona fides Hoffmann ja auch in Ehren hält (S. 21), von der Bosheit, Heuchelei, Tücke überhaupt von der Verworfenheit eines Domitian redet, erkennt Hoffmann darin, dass Tacitus immer und immer wieder von dem Hasse Domitians spricht**), eine Absichtlichkeit darauf berechnet, das Publikum zu überzeugen, dass keine so freundschaftlichen Beziehungen zwischen Agricola und Domitian stattgefunden haben, dasselbe Publikum, in dessen Mitte das constante Gerücht von der Vergiftung Agricolas sich gebildet hatte! Es wäre dem Tacitus mit jenen starken Auslassungen über die Tyrannei Domitians ebenso wenig Ernst, als mit den Lobsprüchen die er dem angeblich verfolgten still duldenden Schwiegervater ertheilt. Ja dieser Biedermann Tacitus entblödet sich nicht, dem Herrscher, in welchem er einen Gönner und Wohlthäter seines Schwiegervaters erkennen musste und dem er selbst für Gnadenbezeugungen verpflichtet war, gegen besseres Wissen und Gewissen einen Giftmord aufzubürden, der begangen worden wäre an dem, welchem

---

*) Zu dem gleichen Resultat über Domitian gelangt in einer gründlichen Untersuchung Imhof in der Schrift T. Flavius Domitianus. Halle 57.

**) Dierauer in »Trajans Aufkommen etc.« bei Büdinger, »Untersuchungen zur röm. Kaisergeschichte« I, S. 53 meint, wo er von dem Hasse der Zeitgenossen gegen den letzten Flavier spricht, Tacitus seie im Leben seines Schwiegervaters hierin zurückhaltender gewesen.

Domitian, wie ja Tacitus wissen musste, »bis zu seinem Ende besondere Theilnahme und Auszeichnung gewidmet hatte« — alles dies desshalb, damit doch ja nicht Agricola nach seinem Tode noch als ein Freund und Günstling oder gar als Werkzeug der schnöden Tyrannei des Domitian betrachtet werde. Denn »die öffentliche Meinung kehrte sich mit ihrer Verurtheilung gegen alle die, die unter dem gestürzten régime eine hervorragende Stellung eingenommen und nach dem Urtheil der Menge der Gunst desselben sich erfreut hatten«. Tacitus erzählt uns, sein Schwiegervater, ein vir integerrimus et fortissimus (Urlichs a. a. O. S. 33) [*] sei von seinem Posten in Britannien abberufen, von Domitian einem tückischen Tyrannen mit Argwohn und Groll im Herzen frostig empfangen, jahrelang bei verschiedenen Gelegenheiten hintangesetzt, gekränkt und zuletzt vielleicht vergiftet worden. Jedenfalls sei sein Tod ihm Gegenstand geheimer Freude gewesen. Von Hoffmann werden wir belehrt, dass Agricola und sein Schwiegersohn bei Domitian sehr in Gnaden gestanden und von ihm mit Ehren und Auszeichnungen überhäuft worden seien, dass Agricola zu den Freunden und Günstlingen Domitians habe gerechnet werden können, dass er nach seiner Zurückberufung noch 8 Jahre unangefochten, ja in glücklichen Verhältnissen, beschienen von der Sonne kaiserlicher Gnade, in Rom gelebt habe und die Beschuldigung eines Giftmords nicht etwa bloss ungegründet, sondern eine für die Zwecke der Ehrenrettung des Schwiegervaters und der Carrière des Schwiegersohnes fein ausgedachte und wohlberechnete, dem römischen Klatsch entnommene Unterstellung sei.

Wir möchten nicht behaupten, dass die Vergiftung Agricola's durch Domitian thatsächlich seie. Tacitus behauptet es auch nicht. Die Familie scheint selbst nicht im Klaren darüber gewesen zu sein. Aber unwahrscheinlich finden wir die Sache keineswegs. Agricola ist ja nicht der Einzige, den Domitian offen oder heimlich aus dem Wege geräumt hat. Wir erinnern uns jenes alten Feldherrn aus Vespasians Schule, des Sextus Civica Cerialis, von Tacitus C. 42 als ein warnendes Beispiel hervorgehoben, den er als einen Unruhestifter in ipso Asiae proconsulatu tödten liess (Urlichs S. 32). Man lese die lange Liste von Senatoren und Consularen, die er hinrichten liess, bei Sueton C. 10 namentlich aufgeführt. Das Zeugniss des Dio Cassius 68, 20 τέλος ἐσφάγη ὑπὸ Δομιτιανοῦ, ἅτε καὶ μείζονα ἢ κατὰ στρατηγὸν κατασπράξας, ist uns eben desshalb nicht eben geradezu verwerflich, weil ihm, wie oben bemerkt, nach dem eigenen Zugeständniss Hoffmanns, noch andere Quellen als Tacitus vorlagen. Wenn Hoffmann es auffallend findet, dass Domitian so lange solle gewartet haben und nicht vielmehr bei anderen bequemeren Gelegenheiten ihn sollte beseitigt haben, bei seiner Rückkehr aus Britannien oder quum ore vulgi poscebatur dux Agricola, oder zu der Zeit, da die Losung um die Consularprovinzen bevorstand, so sind wir doch von den näheren Verhältnissen und Zeitumständen, von dem Wechsel der Stimmungen in dem Gemüth des Tyrannen und deren Motiven zu wenig unterrichtet, um auf solche Bedenken sichere Schlüsse bauen zu können.

---

[*] Das integer vitae scelerisque purus räumt ihm auch Hoffmann ein, S. 26.

Man wird sich die Entwicklung des Drama am richtigsten so vorstellen, wenn man auch hier, entfernt von allem Suchen nach Tendenzen, an die einfache Erzählung des Tacitus sich hält. Ohne Zweifel hatte Domitian nicht von vorne herein die Absicht, den Agricola aus dem Wege zu räumen, sondern zunächst nur, nachdem er ihn mit guter Manier von seinem gefahrdrohenden Posten weggelockt, ihn unschädlich zu machen und wohl unten im Stande der Demuth zu halten. Darin kam ihm der Charakter und das Verhalten Agricola's entgegen, daher die Anklagen und Freisprechungen (c. 41 accusatus crebro et absolutus est). Er musste erfahren, dass man ihn jederzeit fassen könne, ihn aber vorerst noch schonen wolle; da kamen die tempora reip. quae Agricolam sileri non sinerent, da kam das Jahr, quo proconsulatum Asiae et Africae sortiretur. Auch hier überall unbeachtet, zurückgesetzt und gekränkt rief er in Domitian ebendesshalb die Stimmung hervor, welche Tacitus mit so viel psychologischer Wahrheit bezeichnet mit den Worten: odisse, quem laeseris. Auch jetzt wieder wurde Domitian, obgleich praeceps in iram moderatione ac prudentia Agricolae milder gestimmt *). Aber die ira blieb im Herzen, quo obscurior eo irrevocabilior. Agricola bot keinem Angriff eine Blösse. Um so unversöhnlicher häufte sich der argwöhnische Groll des Tyrannen und wer will nun bestimmen, wann und auf welchen Wegen derselbe endlich seinen Ausbruch nahm, wann der letzte Tropfen hinzukam, der endlich das bis zum Rande gefüllte Gefäss zum Ueberlaufen brachte? welche Umstände und Mittel endlich ergriffen wurden von der lauernden Ungeduld des Tyrannen, um den gehassten und gefürchteten Mann vollends zu verderben? Tacitus konnte einerseits als gewissenhafter Berichterstatter ein viel verbreitetes und geglaubtes, wohl von ihm selbst für begründet gehaltenes Gerücht nicht verschweigen, andererseits war er zu rechtlich, um ein solches Gerücht, das er durch positive Gründe nicht beweisen konnte, sofort als erwiesen darzustellen.

Wenn endlich darin, dass Agricola den Domitian zum Miterben einsetzte, von seiner Seite eine Erweisung der Dankbarkeit für zu Theil gewordene Gunst gefunden werden will (S. 24), so würde auch hier Tacitus, der doch die Stimmung der Familie in dieser Beziehung kennen musste, den Thatbestand auf eine unredliche Weise wider besseres Wissen und Gewissen verdreht haben. Die Bemerkung des Tacitus, a bono patre non scribi heredem nisi malum principem ist allerdings zu exklusiv und in dieser Allgemeinheit unrichtig. Sie ist aber eingegeben von den damaligen Verhältnissen, wie sie unter Domitian waren, worüber man sich bei Sueton C. 12 unterrichten kann: confiscabantur alienissimae hereditates vel exsistente uno, qui diceret, audisse se ex defuncto, cum viveret, heredem sibi Caesarem esse; bona virorum et mortuorum usquequaque corripiebantur etc. Die Sache genauer angesehen wird man aber immer sagen müssen, dass die Sitte, den Regenten im Testament zu bedenken, auch wenn sie einem Augustus gegenüber geübt wurde, noch viel mehr aber gegenüber von einem Nero, Domitian ihren

---

*) Agric. 44, tempus, quo Domitianus per intervalla et spiramenta temporum rempublicam exhausit.

Grund in einer gewissen Angst und Furcht und damit verbundener captatio benevolentiae hatte.

Noch ein besonderes Motiv glaubt übrigens Hoffmann noch (S. 31 ff.) in dieser Ehrenrettung des Agricola zu finden, ein Motiv, bei welchem das eigenste Interesse des Tacitus mit im Spiele war. Nicht nur soll nemlich Tacitus mit der Rechtfertigung seines Schwiegervaters auch seine eigene Rechtfertigung angesichts der veränderten Zeitlage unter Nerva und Trajan haben führen wollen, wie dies auch Gantrelle annimmt, sondern er soll auch suchen, den Agricola und mittelbar sich dem neuen Herrscher Trajan näher zu stellen. Es ist fraglich, sagt Hoffmann, ob Tacitus, der unter Nerva Consul war, also in guten Beziehungen zu diesem Fürsten stand, auch sich der Gunst des Trajan zu erfreuen hatte. Er findet es auffallend, dass Tacitus mit dem Jahre 100 aus dem öffentlichen Leben verschwinde; während er noch im kräftigsten Mannesalter war, ehe er noch die letzte Auszeichnung, die Verwaltung einer proconsularischen Provinz erhalten hatte. Dass Tacitus eine solche Verwaltung nicht erhielt, sieht er als eine Zurücksetzung an, welche von Tacitus schwer empfunden worden sein dürfte. Es mochte, meint Hoffmann, ein stolzer Traum gewesen sein, dem Tacitus sich hingegeben, für Germanien zu werden, was Agricola für Britannien geworden. Diesen Traum muss Trajan zerstört haben, indem er den Tacitus bei Besetzung der Provinzen übergieng.

Hiebei wird vorausgesetzt und, wie wir glauben, nach dem Vorgang von Nissen, Orelli, Mommsen und Urlichs, auch überzeugend dargethan, dass Trajan beim Abschluss des Agricola bereits Alleinregent war (S. 32—34). Es werden dann noch 2 Stellen aus dem Agricola (c. 3 u. 44) herbeigezogen, welche auf die Gunst des Trajan berechnet sein sollen. »Der Agricola ist somit offenbar in erster Reihe an die Adresse des Trajan gerichtet.« Es ist eine »captatio benevolentiae des Trajan beabsichtigt«. Diese Stellen lauten C. 3: quanquam primo statim beatissimi saeculi ortu Nerva Caesar res olim dissociabiles miscuerit, principatum ac libertatem, augeatque quotidie felicitatem temporum Nerva Trajanus cet. An dieser Stelle wird offenbar Nerva ebenso gelobt, wie Trajan. Mit Nerva hat eine neue Aera für Rom begonnen, Trajan setzt diese in rühmlichster Weise fort. Den Vorwurf des Schwülstigen, das in den Worten »auget quotidie felicitatem temporum Nerva Trajanus« liegen soll, kann ich nicht verstehen. Es scheint hier fast eine Verwechslung stattzufinden mit dem unmittelbar Folgenden: nec spem modo ac votum Securitas publica sed ipsius voti fiduciam ac robur adsumserit, eine Stelle, über welche jedoch Urlichs (S. 7) durch die Hinweisung auf die am 3. Januar übliche votorum nuncupatio pro imperatore et republica, welche sich trefflich für den kürzlich erfolgten Regierungsantritt des Trajan eigne, ein überraschendes Licht verbreitet hat. — Eine unbefangene Auslegung kann unmöglich in dieser Stelle eine besondere Tendenz finden, dem Trajan etwas Angenehmes zu sagen. Vielmehr gibt die Stelle im Gegensatz zum vorhergehenden düstern Gemälde der reinen Freude darüber Ausdruck (rediit animus), dass bessere Tage angebrochen seien und noch bessere in Aussicht stehen. Ebenso verhält es sich mit der andern Stelle C. 44. So vielfach diese besprochen, erklärt und emendirt worden ist, so ist doch die Lesart der hieher gehörigen Worte: durare in hanc

5

beatissimi saeculi lucem ac principem Trajanum videre, quod augurio votisque apud
nostras aures ominabatur, für unsern Zweck gleichgiltig, mag man quod beibehalten,
oder weglassen oder quodam dafür lesen. Tacitus sagt uns: Agricola hat vor unsern
Ohren den Wunsch und die Ahnung ausgesprochen, noch für schönere Tage sein Leben
verlängert zu sehen und den Trajan als Herrscher zu erleben. Dazu bemerkt nun Hoffmann: »Auf uns kann diese Weissagung nur den Eindruck einer Prophezeiung ex eventu
machen und muss von um so zweifelhafterem Geschmack erscheinen, als sie einer bei
den Haaren herbeigezogenen Schmeichelei gegen den neuen Herrscher nur allzuähnlich
sieht und eben nur auf die Gunst desselben berechnet sein kann.«

Hiezu ist Folgendes zu bemerken: Der Ausdruck saeculum beatissimum ist schon
C. 3 von der neuen Aera gebraucht und bereits besprochen. Trajan bekleidete sein
erstes Consulat unter Domitian im J. 91, 2 Jahre vor dem Tode Agricola's. Dass er
schon damals die Aufmerksamkeit des Publikums in hohem Grade auf sich zog, ergibt
sich aus Dio Cassius 67, 12: Τραϊανῷ καὶ Ἀκιλίῳ — ὑπατεύσασι τὰ αὐτὰ σημεῖα λέγεται
γενέσθαι, τῷ Τραϊανῷ ἡ τῆς αὐτοκρατορίας ἀρχὴ προερρήθη. Und Plinius: Paneg. 5.
Deorum in te Caesar Auguste judicium et favor tunc statim cum ad exercitum profici-
cereris et quidem inusitato indicio enituit — tibi ascendenti de more capitolium quanquam non id agentium civium clamor ut jam principi occurrit, si quidem omnis turba
ad ingressum tuum — illa quidem, ut tunc arbitrabatur Deum, ut docuit eventus, te
consalutavit imperatorem nec aliter a cunctis omen acceptum est. Wenn man auch sicher
erst post eventum, wie ja Plinius ausdrücklich sagt, diese Zeichen wieder hervorsuchte,
wie dies ja auch von andern Kaisern sorgfältig registrirt worden ist (vgl. über Vespasian
und Titus Tacit. hist. II, 1. 4. 48), so ist doch gewiss, dass Trajan, schon längst
Aufsehen erregte und als eine hervorragende Persönlichkeit betrachtet, desshalb auch
von Nerva als der tüchtigste Staatsbürger adoptirt wurde (Dierauer a. a. O. S. 22) *).
Wer will es nun unwahrscheinlich finden, dass im Stillen in manchen Herzen, die
bessere Zeiten ersehnten, nicht nur fromme Wünsche für ihn aufstiegen, sondern auch
weiter sehende und denkende Männer im engsten Kreise (apud nostras aures) Worte
über ihn fallen liessen, die ihn als einen künftigen Candidaten des Throns und wür-
digen Prätendenten bezeichneten. Dass das *nostras* aures nicht nothwendig auf die Person des Tacitus sich beziehen muss, sondern auch auf den Kreis der Familie, gibt
Hoffmann selbst zu. Es muss aber wohl so erklärt werden, da man zu der Annahme
allen Grund hat, dass die hieher bezügliche Aeusserung des Agricola auf die Zeit sich

---

*) Dass vor dem Jahre 97 niemand solle an Trajans Erhebung gedacht haben, wie Dierauer
a. a. O. S. 15 behauptet, wird doch wohl zu viel gesagt sein. Dierauer selbst kann nicht umhin die
abweichende Meinung von Burnouf zu constatiren, »dass es unter Domitian Leute gab, deren Wünsche
und Ahnungen sich auf Trajan als künftigen Imperator richteten«. Die Stelle aus Plinius verliert
allerdings ihre Bedeutung, wenn es richtig ist, was Dierauer S. 16 gegen Francke nachzuweisen sucht,
dass das proficisci ad exercitum des Trajan erst unter Nerva nicht unter Domitian statt fand, und dass
Trajan während der letzten Jahre Domitians »praeteritus a pessimo principe« (Plin. paneg. 94) in
Zurückgezogenheit in Rom lebte, oder ein consularisches Amt dort versah (S. 15).

bezog, da Trajan Consul oder doch proconsularischer Legat war, Tacitus aber, wie er selbst C. 45 sagt, zur Zeit des Todes Agricola's 4 Jahre lang abwesend gewesen war. Eine schmeichlerische Tendenz des Tacitus kann bei einer unbefangenen, die historischen Umstände beachtenden Erklärung hier nicht gefunden werden, wohl aber wird die Auslegung dieser Stellen von Hoffmann sich gefallen lassen müssen als tendenziös bezeichnet zu werden.

Nach allem diesem wird es kaum mehr nöthig sein, darauf aufmerksam zu machen, dass wir überhaupt von den Lebensumständen des Tacitus sehr wenig wissen. Wie er nach seinem Consulat gelebt hat, darüber haben wir nach dem J. 100 keine andern Zeugnisse als seine Schriften. Man weiss, dass er sich literarisch beschäftigt, dass er nach dem Agricola die Germania, die Historien und Annalen geschrieben und an den letzteren bis zum J. 115 gearbeitet haben muss. Es ist durchaus kein Grund vorhanden, es mit Hoffmann unwahrscheinlich zu finden, dass er seiner historischen Arbeiten wegen sich vom öffentlichen Leben in den letzten 15 Jahren seines Lebens zurückgezogen habe. Er hatte das Consulat, die höchste Stufe der Ehre, erreicht; sollte er etwa noch nach den triumphalia ornamenta gegeizt haben? Sollte es ihm, der schon Agric. 3 den Plan eines grösseren Werks ankündigt, »das ein Denkmal sein solle der vergangenen Knechtschaft und ein Zeugniss des Glückes der Gegenwart« (Hoffmann S. 5) und dann in den Historien I, 1 seine Absicht ausspricht, auch principatum divi Nervae et imperium Trajani als eine materia uberior und securior zum Gegenstand seiner historischen Darstellung zu machen, besonders schwer gefallen sein, der Staatslaufbahn zu entsagen? Man sieht doch, dass Tacitus schon zu der Zeit, da er den Agricola schrieb, also kurz nach seinem Consulate (97), sich mit dem Plan trug, Werke zu verfassen, welche eingehende historische Studien zur Voraussetzung hatten, ein Plan, der es eher unwahrscheinlich als wahrscheinlich macht, dass er auf Fortsetzung und Krönung seiner Laufbahn im Staatsdienst reflectirte *).

Wenn aber Hoffmann von einer Empfindlichkeit des Tacitus über angebliche Zurücksetzung durch Trajan spricht, so vermögen wir dies nicht zu begreifen. Man muss annehmen, dass der Agricola nach Nerva's Tod (Januar 98) in den ersten Monaten dieses Jahres, bald nachdem Trajan die Alleinregierung übernommen, geschrieben worden ist (s. Urlichs a. a. O. S. 7). Auch Hoffmann stimmt damit überein, wenn er S. 32 sagt, der Agricola könne nur zu Anfang der selbständigen Regierung Trajans geschrieben sein. Wie soll man nun glauben, dass Tacitus schon in den ersten Monaten der Regierung Trajans, den Nerva kaum ein Vierteljahr vor seinem Tod adoptirt, die entschiedene Ueberzeugung gewonnen hatte, dass er von Trajan zurückgesetzt sei? Wie konnte er sich vollends gar im J. 98 schon Hoffnung gemacht haben, eine der germanischen Provinzen zu erhalten, wo man so wenig an einen Wechsel im Commando denken konnte,

---

*) Ueber die Bedeutung der ersten histor. Werke des Tacitus und den gewaltigen Eindruck, den sie auf die gebildete Welt in Rom machen mussten vgl. Plin. epist. 7, 33. Mommsen a. a. O. S. 108.

dass Trajan, der eben damals' Legat in Germanien war, auch als princeps nach dem Tode des 'Nerva noch ein ganzes Jahr in Germanien verweilte. Wie konnte Tacitus bereits damals den stolzen Traum, für Germanien ein Agricola zu werden, zerstört und sich »bei Besetzung der Provinzen übergangen« glauben. Hoffmann berechnet, Tacitus, der im Jahr 97 Consul war, hätte nach Analogie seines Freundes Plinius im Jahr 99 oder 100 die Statthalterschaft einer kaiserlichen Provinz erhalten sollen. Wenn er diese im J. 99 oder 100 nicht erhielt, so konnte er doch nicht schon im J. 98, als er den Agricola schrieb, sich für zurückgesetzt oder bei Besetzung von Provinzen übergangen halten. Wenn Tacitus wirklich eine Zurücksetzung von Trajan erfuhr, so konnte er davon doch erst nach Verfluss geraumer Zeit, einiger Jahre, nicht einiger Monate sich überzeugen. Wenn er einen Versuch machen wollte, sich dem Trajan desshalb näher zu stellen, so konnte er diesen Versuch erst machen, nachdem er seine Ueberzeugung gewonnen hatte; also kann im Agricola, der verfasst wurde, ehe eine solche Ueberzeugung sich gebildet haben könnte, nicht schon ein solcher Versuch einer captatio benevolentiae gefunden werden. Es kann nicht davon die Rede sein, dass die Schrift im Interesse der »eigenen Ehre und der weiteren politischen Carrière« des Tacitus geschrieben sei. Offenbar hat Hoffmann hier im allzugrossen Eifer Tendenzen zu finden, sich vergaloppirt. Er gewahrt, dass Tacitus mit dem Jahr 100 aus dem öffentlichen Leben verschwindet. Flugs erkennt er darin die Ungnade des Trajan. Die Erfahrung dieser Ungnade wird nun aber durch einen Anachronismus in die Zeit zurückdatirt, ehe sie vorhanden sein konnte. Damit wird so viel gewonnen, dass man dem Tacitus eine an den Haaren herbeigezogene Schmeichelei und die Tendenz unterstellen kann, politische Carrière zu machen *).

Dass überhaupt Agricola, mittelbar Tacitus, wegen ihres Verhältnisses zu Domitian gegenüber von Trajan einer Rechtfertigung bedurft hätten, wird vollends ganz unwahrscheinlich, wenn man sich erinnert, dass Trajan **) selbst von Domitian hervorgezogen und ausgezeichnet, mit wichtigen Commando's betraut und zum Consulat erhoben wurde, also in gleicher Stellung zu Domitian sich befand, wie Agricola und Tacitus

---

*) Wie weit man geführt werden kann, wenn solche Hypothesen zu Axiomen geworden sind, auf welche nun Schlüsse ins Ungemessene gebaut werden, das zeigt Stahr in seinem Tiberius S. 318, indem er sich die von Merivale aufgestellte Ansicht aneignet, Tacitus habe absichtlich seine Gesch.-schreibung nicht auf Nerva und Trajan ausgedehnt, »die Gestalten der Wiederhersteller des Reichs derselben nicht einverleibt«. Er habe seine Darstellung genau auf die Periode von Unglück und Unheil beschränkt, durch welche die Verbrechen der Cäsaren gezüchtigt worden seien. Sonst würde er den düstern Farbenton seines Gemäldes gestört und seine Hauptabsicht, die er in den Annalen und Historien verfolgte, nicht erreicht haben, »eine Darstellung der Cäsarischen Revolution bis in ihre fernsten Consequenzen« zu geben. Alles dies, weil einmal feststeht, Tacitus habe in der von Cäsar beginnenden Verwandlung der römischen Republik in eine Monarchie nur eine unheilvolle Revolution erblickt, und seiner Darstellung das Dogma zu Grunde gelegt, »dass die grundverderbte unterhöhlte Oligarchie des Senats zur Zeit des Pompejus und Milo die edelste und kräftigste aller Regierungen gewesen sei und die wahre republikanische Freiheit dargestellt habe« q. e. d. (S. 318 sq.).

**) Dierauer S. 13 a. a. O. »Domitian setzte grosses Vertrauen auf Trajan«.

und in der Lage war, das Verhalten dieser Männer aus seiner eigenen Erfahrung zu beurtheilen.

Hiernach können wir uns der Hoffmann'schen Auslegung der bekannten dunkeln Stelle Agr. 1 nicht anschliessen. Sie lautet: at nunc narraturo mihi vitam defuncti hominis venia opus fuit, quam non petissem incusaturus tam saeva et infesta virtutibus tempora: H. meint, Tacitus bitte um Nachsicht, weil er für seinen Versuch, das Bild des Agricola als eine Lichtgestalt auf dem düstern Hintergrund der Zeiten Domitians zu entwerfen, um so weniger auf sympathische Aufnahme beim grossen Publikum rechnen konnte, als er dabei gegen die herrschende Stimmung des Tages anzukämpfen hatte, weil diese den Mann — verurtheilte. Er deute dies nur mit halben Worten an, weil er als geschickter Anwalt nicht bekennen durfte, dass ihm bei der Führung der Sache seines Clienten die öffentliche Meinung entgegenstehe. — Diese Erklärung steht und fällt eben mit der Hypothese, dass dem Agricola die öffentliche Meinung ungünstig gewesen sei, d. h. mit der Annahme, die Schrift solle eine Apologie, eine Ehrenrettung des Agricola und damit des Tacitus selbst sein.

Wir geben in der Kürze unsere Anschauung der Stelle, wobei wir bei der hinreichend bezeugten Lesart: incusaturus stehen bleiben. Das Wort venia, correspondirend dem excusatus am Ende von c. 3, bezieht sich allerdings auf die Leser, bei denen er um Nachsicht und Entschuldigung bittet, einmal im Hinblick auf die tempora, quibus virtutes non optime aestimantur, quia non facile gignuntur, sodann im Hinblick auf die ignorantia recti und invidia, welche sogar zu befürchten sei dem narraturo vitam defuncti hominis. Um diese Nachsicht und Entschuldigung würde er nicht gebeten haben, wenn er wäre ein incusaturus tam saeva et infesta virtutibus tempora, d. h. wenn es seine Absicht wäre zu tadeln und zu klagen. Das Buch ist honori Agricolae destinatus. Der Zweck ist also honor, hier steht invidia, ignorantia recti entgegen. Desshalb bedurfte er venia. Wenn er sagt, es sei das incusare nicht Zweck, so ist damit nicht ausgeschlossen, dass nicht auch nebenbei bittere Bemerkungen mit unterlaufen können. So steht narraturo in passendem Gegensatz zu incusaturus.

Damit werden wir von selbst zur Darlegung unserer Ansicht über Zweck und Charakter der vorliegenden Schrift geführt. Sie ist ein Ehrendenkmal, wenn man will ein Nekrolog des Agricola, womit der Verfasser zugleich eine historische Monographie verbunden hat, die sich in ungezwungener Weise dem Hauptzweck des Buches anschloss, aber auch verbietet die Schrift für eine blosse Biographie auszugeben. Eine besondere litterarische Kunstgattung vermögen wir darin nicht zu erkennen. Es fehlt dazu das, was aller Kunst wesentlich ist, die Einheit und die Form. Der Agricola ist von dieser Seite betrachtet, bei allen seinen Vorzügen und Schönheiten eine litterarische Zwittererscheinung, welche etwas Formloses an sich hat. — Den Charakter einer blossen historischen Monographie aber können wir dem Buch nicht bloss wegen des Anfangs und Schlusses nicht beilegen, sondern auch desshalb nicht, weil durch die ganze historische Darstellung die Person des Agricola sich hindurchzieht und auch die Veranlassung ist zur Einschiebung des am meisten selbständigen Abschnittes über die Geographie und Ethnographie von Britannien. Dabei muss zugestanden werden, dass die historische Kunst in der vielfach rhetorisch gehaltenen Darstellung, in der Nachahmung historischer Vorbilder und insbesondere in der Einflechtung zweier Reden in hervorragender Weise entwickelt ist. Eben darin nun liegt das Zwitterhafte der Schrift.

Eine politische Tendenz aber der Schrift unterzulegen, sei es im Interesse von Parteien oder Personen, als Apologie, Ehrenrettung, oder gar als Mittel Carrière zu machen, und zugleich mit dieser politischen Tendenz alle die damit gegebenen Unterlassungen, Verkehrungen, Uebertreibungen, Verdächtigungen und Schmeicheleien in Kauf zu nehmen, verbietet uns die Achtung vor dem Buchstaben der Schrift sowohl, als vor dem Geiste, welcher sie durchweht. Man gestatte uns noch nach allem Vorangegangenen an den Schluss zu erinnern. Wir haben keine Anwandlungen von Sentimentalität. Aber wir vermögen uns nicht zu der Annahme zu entschliessen, dass hinter den schönen und erhabenen, warmen und ergreifenden Worten des Epilogs, denen jedermann anfühlt, dass sie von Herzen kommen, eine kalte, eigensüchtige, interessirte Berechnung laure.

Hirzel.